대통령님,
한 번 안아보고 싶습니다

대통령님,
한 번 안아보고
싶습니다

이종석 외 지음

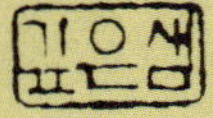

책을 펴내며

2004년 12월 8일 저녁 7시, TV에 갑자기 자이툰 부대 군복을 입은 노무현 대통령이 자이툰 부대 장병들을 격려하는 장면이 흘러나왔다. 해외순방을 마치고 귀국할 예정이었던 대통령이 머나먼 이국 이라크 아르빌에서 땀을 흘리고 있는 우리 장병들을 격려하기 위해 자이툰 부대를 방문한 것이었다. 안전 문제 때문에 파병 환송 행사조차도 보도되지 않았던 자이툰부대원들이 열렬히 환호하며 대통령을 껴안는 장면은 국민들의 가슴을 뭉클하게 하고 눈시울을 뜨겁게 한 하나의 감동적인 사건이었다.

테러가 끊이지 않는 머나먼 이라크 아르빌 지역에서 대한민국의 명예를 걸고 평화 · 재건지원 임무를 수행하며 현지 주민들과 신뢰를 쌓아가고 있는 장병들에게 군 통수권자인 대통령의 현지 방문은 그야말로 가장 큰 선물이었다

그러나 환희와 감동으로 물결쳤던 2시간 동안의 자이툰 부대 방문이 성공적으로 이루어진 이면에는 수많은 이의 땀과 노력이 숨어 있었다.

ASEAN 정상회의와 유럽순방 이후 자이툰 부대를 방문해 장병들의 노고를 위로하고 싶다는 노 대통령의 의지를 철저한 보안 속에 성공적으로 수행하기까지는 피가 마르는 듯한 긴장도 있었고,

웃지 못할 오해도 있었고, 007 작전 같은 스릴도 있었다.

그리고 무엇보다도 철저한 보안의식과 **투철한 사명의식**으로 뒤에서 묵묵히 맡은 바 임무를 충실히 완수해낸 **많은** 사람들의 땀과 감동적인 이야기가 있었기에 이 역사적인 **방문은** 더욱 빛을 발할 수 있었다.

『대통령님, 한 번 안아보고 싶습니다』는 이 **책은** 노 대통령의 자이툰 부대 방문과 감동적인 뒷이야기를 기록으로 남겨 한국 외교안보사에 길이 남을 역사적인 방문의 자취를 오래도록 보존하기 위해 기획되었다.

이제 세상 속으로 이 한 권의 책을 보내면서 우리는 이것이 단순한 기념물이 아니라 국가를 위해 일하는 **사람들**의 노고와 뜨거운 애국심을 전해주는 살아 있는 교과서가 되길 **바란**다.

끝으로 이 책을 내는 데 도움을 주신 청와대[국가안전보장회의(NSC), 비서실, 경호실], 외교부, KBS, 대한항공, 국방부와 합참 등 관계기관과 직간접으로 참여한 모든 분들께 깊은 감사를 보내며, 무엇보다도 이 시간에도 현지에서 대한민국의 **대표**로서 묵묵히 임무를 수행하고 있는 자랑스런 자이툰 **사단과 공군** 58항공수송단의 안전을 기원한다.

편 집 부

1 "아르빌에 다녀와야겠습니다"

2 감동의 드라마를 만든 사람들

| 서 울 에 서 |

"귀로에 안되면 설날에라도 가야겠다"

CONTENTS

차 례

1

"아르빌에 다녀와야겠습니다"

이 비행기는 서울로 못 갑니다

2004년 12월 8일 새벽, ASEAN+3(한 · 중 · 일) 정상회의 참석과 유럽 3개국 순방을 마친 대통령 일행을 태운 특별기는 귀국을 위해 프랑스 샤를 드골 공항을 이륙해 유유히 하늘을 날고 있었다. 그런데 새벽 4시 35분경(프랑스 현지시간 20:35경), 바쁜 일정을 소화하느라 지친 기자들의 안도감으로 조용하던 기내가 갑자기 술렁이기 시작했다. 대통령이 기자단석으로 와 선 것이다.

"이제 서울로 돌아가는 일만 남았는데 기자 여러분에게 한 가지 양해를 구해야겠습니다. 이 비행기는 서울로 바로 못 갑니다. 쿠웨이트에 들러 아르빌에 다녀와야겠습니다."

어리둥절한 기자들 앞에 선 대통령의 이야기로 이날 하루는 그 어느 때보다 길어질 것이 예상되면서 긴박하게 시작되고 있었다.

대통령으로부터 그때서야 처음 자이툰 부대 방문 계획을 전해들은 기자들과 대다수 수행원들은 당혹스러움을 감추지 못했다.

대통령은 방문 배경을 차분히 설명했다.

"자이툰 부대 배치가 모두 끝나고 장병들이 안착한 연말을 기해

아무래도 제가 가서 장병들을 위로하고 격려하는 게 도리라고 생각
했습니다. 기왕에 파병을 해서 우리 장병들이 수고하는데 제가 방
문하는 게 도움이 될 것 같아 다녀오기로 했습니다.”

　이어 일정에 대해서도 이야기했다.

　“쿠웨이트에 도착해 군용기로 갈아타고 가면 아르빌에는 아침에
도착하게 될 것입니다. 장병들과 아침식사를 같이 하며 격려하고
다시 쿠웨이트로 돌아와 여러분과 함께 돌아갈 예정입니다.”

　대통령은 모든 언론이 이라크 방문 사실을 모른 채 8일 귀국할
것으로 보도한 사실을 걱정하며 당부하는 말도 덧붙였다.

　“8일에 도착한다고 기사를 썼을 텐데 이 일을 알고 나면 그 오보
는 국민들이 다 양해하고 받아주지 않겠습니까? 그리고 한시 바삐
이라크 방문 기사를 보내고 싶을 테지만 아르빌에서 돌아올 때까지

자이툰 부대 전격 방문 계획을 설명하는 대통령

는 보도를 자제해 주십시오.”

뒤를 이어 권진호 국가안보보좌관이 그 동안의 경위를 설명하고 사전에 충분한 시간을 갖고 알리지 못한 데 대해 양해를 구했다. 아울러 보안유지를 각별히 요청했다.

“모두 알다시피 지금 이라크의 상황이 좋지 않기 때문에 대통령님이 아르빌을 방문한 뒤 쿠웨이트 알 무바라크 공군기지로 다시 돌아올 때까지 이 사실을 외부에 알리지 말아주십시오. 특히 기내에서 전화를 사용하게 되면 쿠웨이트 등 외국 정보기관에 의해 전부 감청된다는 사실에 유의해 주시길 바랍니다.” ✑

동방계획이 이루어지기까지

"내 눈으로 보고 싶습니다."

대통령의 이 한 마디를 시작으로 자이툰 부대 방문 계획은 극비리에 추진되기 시작했다.

2004년 11월 25일 남미 3개국 순방을 마치고 귀국한 대통령은 당시 비서실장, 국가안전보장회의(NSC, 이하 'NSC'로 표기) 관계관 등에게 자이툰 부대 방문을 위한 실무 준비를 지시했다.

"유럽 순방 귀국길에 아르빌을 방문해 자이툰 부대 장병들이 잘 지내고 있는지 직접 보고 와야겠습니다."

자이툰 부대 방문 계획은 이렇게 전쟁터에 자식을 보낸 아버지의 마음으로 이루어진 것이었다.

그 뜻을 이루고자 NSC사무처, 대통령 경호실과 비서실, 합동참모본부, 외교통상부의 극소수 인원으로 합동 준비팀이 만들어졌다. 만에 하나 있을지 모를 이라크 저항세력의 테러 공격에 대비한 '철통 보안' 속에 진행되어 첩보작전을 방불케 한 아르빌 방문 계획의 암호명은 '동방계획'이었다. 무모해 보이기만 했던 이 계획은 대통령의 의지와 믿음, 준비팀의 철저한 준비와 노고가 이루어낸 작품이었다.

청와대와 정부의 각 관련 부처와 합동참모본부(이하 '합참'으로 표기), 항공사의 관계자들은 촉박한 시간과 철저한 보안유지라는 제한 속에서도 불철주야로 분투하며 이 감격적인 드라마를 대본 없이 완성시켰다. 주변의 오해도 감수해야 했고, 갑작스런 상황 변화에 아무런 도움 없이 대처해야 할 때도 다반사였다.

그럼에도 불구하고 쿠웨이트 주재 미국대사가 극찬을 아끼지 않았다는 후일담이 전해질 정도로 세계에서 유례가 없는 완벽하고도 감동적인 작전을 펼쳤다. 준비에 참가한 사람들은 이구동성으로 '자이툰 장병을 걱정하는 국민과 대통령의 마음을 알기에 한 치의 어긋남도 스스로 용납할 수 없었다' 라고 말한다.

이날 자이툰 부대 방문에는 최소 인원만이 대통령을 수행했다. 쿠웨이트에서 임무를 수행하고 있는 우리 공군의 58항공수송단 C-130 수송기 두 대가 수송을 맡았다. 쿠웨이트 알 무바라크 공군기지에서 출발해 이라크 아르빌을 다녀오는 데는, 외교통상부장관, 국가안보보좌관, 경호실장, 외교보좌관, NSC 정책조정실장, 제1부속실장, 의전비서관, 대변인 및 경호관들이 수행했으며, 기자단은 30명 정도로 대표단을 급히 구성해 현지 취재를 맡았다. ✎

동 | 방 | 계 | 획

합참작전본부장과 NSC실무자가 대통령 최초보고자료를 만들며 보안유지를
위해 가칭이 필요한 것으로 판단하여, 논의를 통해 결정.
"인도의 시인 타고르가 우리나라를 지칭하며 지은 시 '동방의 등불'을 연상
시키기도 하고, 이라크에서 보면 우리나라가 동방이라는 것을 염두에 두고
'동방에서 귀인(대통령)'이 온다는 것을 의미하며 대통령께 '동방계획'이라
고 보고하면서 대통령의 자이툰 부대 방문을 뜻하는 암호명이 됐다.

자이툰 부대, 감동의 120분

아, 아르빌

쿠웨이트로 항로를 전격 수정한 특별기는 파리를 출발한 지 6시간 뒤, 여명이 밝아오는 04시 30분 쿠웨이트 무바라크 공군기지에 도착했다.

일행은 미리 대기 중이던 우리 공군 C-130 수송기로 갈아타고 서둘러 아르빌로 향했다. 아르빌 공항은 야간 관제시설 미비로 주간에만 사용이 가능하기 때문에 프랑스에서의 출발 시간이 부득이

무바라크 공항 이륙 2시간 20분 뒤
아르빌 공항 도착,
지프차를 타고 자이툰 부대로 이동

하게 늦춰졌다. 이에 준비팀은 퐁피두센터 방문과 프랑스 상원의장 면담 일정 등을 발 빠르게 추가하며 완벽한 연막 작전을 구사했다.

아르빌로 향하는 수송기 양쪽에는 F-15 최신예 공군기의 초계경호가 미 공군의 협조로 이루어지고 있었다. 무바라크 공항 이륙 2시간 20분 뒤 아르빌 공항 도착, 대통령 일행은 다시 지프차로 갈아타고 우리 장병 3,700명이 있는 자이툰 부대로 달려갔다.

마침내 초긴장 상태로 급박하게 달려 도착한 자이툰 부대 앞, 대통령은 지프차에서 내리기 전 잠시 눈시울을 적셨다. 어린 자식을 이국의 전쟁터로 보내야 했던 아버지의 마음이 가슴에 그대로 전해졌기 때문일까.

너무 보고 싶었습니다

뜻하지 않은 대통령의 방문에 자이툰 부대원들은 뜨거운 환영으로 답했다. 120분의 짧지만 감격적인 만남의 시작이었다.

부대 도착 직후, 대통령은 지휘통제실로 가 황의돈 사단장에게서 부대 현황과 이라크 정세 및 치안 상황, 장병들의 복무 환경 등을 보고 받았다. 이어서 식당으로 이동, 장병들과 아침 식사를 함께했다. 420여 명의 장병들은 미리 배식을 받고서 대통령을 기다리고 있었다. 대통령이 식당을 들어서자 모두 일어서서 함성과 함께 박수로 뜨겁게 맞았다.

장병들과 같은 사막 빛깔의 군복을 입은 대통령은 손을 들어 기쁘게 인사했다.

"반갑습니다!"

장병들의 함성과 박수가 그칠 줄 몰랐다. 급기야 대통령이 두 손을 들어 만류하는데도 여전했다. 사단장이 마이크로 "박수 그만!"이라고 하자 겨우 중단되었을 만큼 장병들의 기쁨은 큰 것이었다.

대통령은 입구 바로 앞에 있는 배식대에서 직접 식판을 들고 갈비찜, 김치, 감자볶음, 오징어볶음, 소고기국 등을 담으며 물었다.

"이 배추는 서울에서 직접 가져온 겁니까, 아니면 여기 것입니까?"

식판을 들고 배식을 받으며 이수진 대위와 담소하고 있는 대통령

병사들이 기다리고 있는 식탁으로 이동한 대통령은 바로 앞에서 배식을 받던 이수진 대위 등 장병들과 자리를 함께했다.

식사에 앞서 황의돈 사단장은 인사말과 함께 건배를 제의했다.

"노무현 대통령님께서 여러분을 격려하기 위해 이역만리 이곳 아르빌까지 찾아주셨습니다. 너무나 기쁘고 놀란 나머지 흥분이 가시지 않은 병사들도 있을 것입니다. 저 또한 그렇습니다."

사단장인 황의돈 소장에게 선물을 하사하는 대통령

노무현 대통령이 장병들에게 격려금과 함께 선물을 전달하고 있다. 선물은 남성용 반(半)지갑으로, 청와대 문양이 새겨 있고, 지갑 안쪽에 '대한민국 대통령 노무현, 권양숙'이라는 글자가 인쇄되어 있다. 자이툰 부대 장병 외에 이라크 공관 직원과 현지에서 일하는 우리 업체 직원 등 이라크 내에 있는 한국인들에게도 선물이 전달되었다.

장병들의 환호가 터져나왔다.

"대통령님의 방문을 통해 힘과 용기를 얻었으며, 대한민국의 얼굴로서 국민의 성원에 보답하도록 최선을 다하겠습니다."

이날 대통령은 연말연시에도 집에 가지 못하는 장병들을 위해 격려금과 함께 선물을 전달하기도 했다.

꿈인지 생시인지

식사를 마친 뒤 사회자가 대통령에게 하고 싶은 말이 있는 사람은 손을 들라고 했다. 거의 모든 병사들이 손을 들었다. 사회자는 먼저 여군인 김세령 중사를 지목했다.

"대통령님을 직접 만난 일이 로또 1등에 당첨된 것보다 더 기쁩니다. 또 TV에서보다 실물이 훨씬 잘 생기셔서 가슴이 막 떨립니다."

장내가 웃음과 박수로 가득했다.

"여군이 자이툰에서 무슨 일을 하겠느냐고 하는 사람도 있습니다. 그러나 우리는 몸과 마음을 검은 천으로 가린 이라크 여인들의 마음을 열고, 얼어붙은 이라크 어린이들의 손과 발을 따뜻한 마음으로 녹여주고 있다고 자신 있게 말할 수 있습니다. 이라크의 평화 및 재건 지원이라는 자이툰 부대 파견 목적을 달성하는 데 10년이 걸리더라도 함께하고 싶습니다. 이렇게 대통령님께서 우리와 함께

해 주셔서 더욱 힘이 납니다. 대통령님을 위해 항상 기도하겠습니다."

이에 대통령은 웃으며 화답했다.

"잘 생겼다고 해줘서 너무 고맙습니다. 김 중사님에게 그 말을 두 배로 돌려주고 싶습니다. 너무 아름다우십니다."

유쾌한 폭소가 터졌다.

이어 이원경 병장이 상기된 얼굴로 소감을 말했다.

"도대체 지금이 꿈인지 생시인지 분간이 안 갑니다. 지난 대선 때 저는 노무현 대통령님을 지지했습니다. 그 이유는 군 복무기간을 줄여주셨기 때문입니다. 그런데 자이툰 부대에 오면서 내 뜻으로 복무기간을 석 달 더 늘렸습니다. 많은 것을 배우고 있고 내 인생에 가장 중요한 자산이 될 것을 확신합니다. 앞으로도 제가 바로 대한 민국 대표라는 자부심을 잊지 않고 근무할 것입니다. 잘 지켜봐 주 십시오!"

이 병장은 말을 마친 뒤 "대통령님 사랑합니다!"라고 외치면서 두 팔을 올려 하트 모양을 그려 보이기도 했다.

이에 대통령은 크게 기뻐하며 덕담을 건넸다.

"복무기간을 연장한 만큼 몇 배의 성과를 거두기 바랍니다. 그리 고 정말 건강하게 군대 생활을 하시리라 믿습니다."

대통령은 장병들의 말을 들은 뒤 즉석 연설을 통해 장병들을 힘껏 격려했다.

꼼꼼히 내무반을 살피다

식사를 마친 뒤 대통령은 식당을 가로질러 나가면서 양쪽에 도열해 있는 병사들과 일일이 악수를 나누었다. 약간 상기된 표정의 대통령은 출구로 나가기 직전 돌아서면서 전 장병들과 함께 "화이팅"을 세 차례 연호했다.

식당을 나선 대통령은 자이툰 부대 내무반을 둘러보고 애로사항이나 생활에 불편한 것은 없는지 꼼꼼하게 살폈다. 내무반에는 8개의 침대가 놓여 있었고 간이 캐비닛, 옷걸이 등이 비치되어 있었으

내무반을 둘러보는 대통령
노무현 대통령이 자이툰 부대 내무반을 둘러보면서 장병들과 일일이 악수를 나누고 시설과 집기 등을 직접 손으로 만져보는 등 세심하게 점검하고 있다.

며, 벽에는 아르빌 시가지 지도 등이 붙어 있었다.

대통령은 그 곳에 있는 장병들과도 일일이 악수를 나누고 시설과 집기들을 직접 손으로 만져보는 등 세심하게 둘러보았다.

"우리 한국 사람들은 딱딱한 침대를 좋아하지요."

캐비닛을 보고는 "야전에서도 깔끔하게 갖춰놓고 있네."라며 미소짓기도 했다.

"여기서도 인터넷이 됩니까?"

신세대 장병들을 배려한 대통령의 물음이었다. 부대관계자가 인터넷이 되는 방은 따로 있다고 대답하자 "병영 PC방이구먼!"이라며 웃었다.

대통령님, 안아보고 싶습니다!

대통령은 내무반을 나와 장병들과 함께 기념 촬영을 한 뒤 작별했다. 그리고 자이툰 부대 주둔지에 있는 자이툰 병원으로 이동하던 중이었다. 도열해 있는

한 병사가 대통령을 힘껏 껴안고 있다.

병력 중간에서 갑자기 한 병사가 뛰어나왔다.

"대통령님! 한 번 안아보고 싶습니다!"

이 병사는 그렇게 말하더니 대통령을 안고 한 바퀴 돌기까지 했다. 그 바람에 경호원들이 일순 긴장했지만 대통령은 환한 웃음으로 그를 맞았다. 장병들은 양측으로 도열해 태극기를 흔들며 대통령 일행을 환송했다.

대통령은 자이툰 병원으로 이동하는 지프차에서 눈물을 흘렸다. 감격스러웠던 자이툰 부대 방문을 생각하며 흘리는 기쁨의 눈물이었다. 이를 지켜보던 반기문 외교통상부 장관이 말을 건넸다.

"대통령께서는 영국에서 황금마차를 타셨을 때보다 더 기분이 좋으신 것 같습니다."

쿠르드족 환자들을 따뜻하게 위로하다

2004년 11월 27일에 개원한 자이툰 병원을 찾은 대통령은 의사, 간호사 등 의료진을 격려했다. 그리고 진료를 기다리던 쿠르드족 환자들에게 인사를 건네고 안부를 물었다. 쿠르드족 환자 12명이 입원해 있는 병실을 찾은 대통령은 의사에게 병명을 물으며 일일이 환자 손을 잡고 쾌유를 기원했다. 환자 중에는 심장 판막증 소녀, 빈혈에 걸린 여자아이, 아픈 아기, 노쇠한 할머니 등이 있었다. 대통령이 이들에게 "베야니 바쉬(안녕하세요)"라고 현지어로 인사를 건네자 모두 수줍은 듯 웃음으로 답했다.

　대통령은 병원을 나오면서 '코리아센터'에 머물고 있는 우리 국민 60여 명과도 일일이 악수하며 인사를 나누었다. 2시간여 만에 대통령 일행은 떨어지지 않는 발걸음을 돌려 자이툰 부대를 뒤로 하고 아르빌 공항으로 향했다.

　대통령이 아르빌로 가서 자이툰 부대 장병을 격려하겠다는 의지를 표현하면서 전격적으로 이루어진 짧은 방문이었다. 처음엔 촉박한 시간과 보안 문제로 모두가 무모하다고 생각했던 계획이었다. 그런 한계를 딛고 애쓴 사람들의 노고와 대통령의 굳은 의지로 완벽하게 치러진 부대 방문은 한 편의 대본 없는 드라마를 만들어내

자이툰 병원을 방문, 환자들을 격려하고 나오는 대통령
자이툰 병원은 우리 군인들의 진료 외에 현지인들도 진료하고 있다. 동맹군 가운데 현지인을 진료하는 유일한 병원이며, 현지인들에게서 '이곳에서 진료받아 보는 게 평생 소원'이라는 평을 받고 있기도 하다.

자이툰 부대 장병들을 격려하는 대통령

며 끝이 났다. 대한민국의 대표로서 성실하게 임무를 수행 중인 자이툰 장병들의 가슴 속에 조국에 대한 무한한 자부심과 충성심을 재확인시켜주기 충분한 시간이었다. ☞

여러분의 땀이 대한민국의
외교력이요 또 다른 힘입니다

– 노무현 대통령의 자이툰 부대 장병 격려사 (전문)

여러분 정말 감사합니다. 반가움을 넘어서 감사합니다. 짧은 만남이지만 지극히 행복한 시간입니다. 정말 기쁩니다. 여러분에게 할 말이 많습니다. 여러분은 참 장합니다.

이 식당에서 밥을 먹으면서 여러분의 표정을 보니 군대에 다시 입대하고 싶다는 생각이 들었습니다. 군대생활 할 때는 하루하루가

'여러분의 땀과 노력이 대한민국의 발언권으로 작용할 때가 있다' 고 연설하는 대통령.
자이툰 부대원들이 경청하며 환호하고 있다.

지겨웠지만 그래도 사회생활 하면서 가장 인상에 남은 시기, 다시 해봤으면 하는 시기는 군대에서 고생할 때였습니다. 오늘 여기 와서 보니 한 6개월만 더 해봤으면 하는 생각이 듭니다.

여러분을 보니까 좋습니다. 어려운 환경 속에서 사람 사이 믿음과 마음으로 만들어낸 분위기 아닙니까. 정말 기분 좋고 무한히 자랑스럽습니다.

처음에 파병할 때 고심 많이 했습니다. 명분과 국익, 그리고 안전, 다 각기 판단 기준이 달라 논란이 많았는데 안전이라는 측면은 누구도 이의를 제기할 수 없는 공통 관심사여서 걱정 많이 했습니다.

그때 여러분의 선배들이 내가 자신을 갖도록 해준 말이 있었습니다. "우리 군이 그곳에 가서 위험에 처할 경우는 현지인들로부터 불신을 받을 때인데, 주의하면서 그들과 친근하게 결합한다면 성공할 수 있습니다. 더구나 우리 군은 그런 점에서 한 번도 실패한 적이 없습니다. 어느 나라 군대보다 그 점을 잘 알고 잘 수행하는 군대입니다. 어디 가더라도 한국군 스스로의 안전을 지키면서 임무를 120%, 150% 수행할 것입니다."라고 말하면서 믿고 결단을 내려달라고 조언을 하였습니다. 그들은 해외 파견 경험이 많은 지휘관들이었습니다.

나 또한 그 사실을 믿었습니다. 이미 그 성과가 있었으니까 말입니다. 오늘 와서 보니 또 한번 우리 군의 능력이 여실히 증명되는 것 같습니다.

현장을 보면서도 느꼈고 사단장 보고와 영상 보고를 보면서도 받은 느낌이 있습니다. 이 자리에서 여러분과 짧은 대화를 나누면서도 정말 실감이 나고 확신을 갖게 됐습니다. 참 장합니다.

계속 보람을 갖고 꼭 성공해주십시오. 여러분이 이곳에 와 있는 것에 대해 여러 평가가 가능하지만, 세상일은 하나의 기준에 의해 평가되는 것이 아닙니다. 다양한 목표와 기준이 결합되고 얽혀 큰 역사의 줄기를 만들어내고 때로는 모순된 것들이 조화를 이루기도 하는 것입니다.

이제 여러분은 여러분의 몫만 하시면 됩니다. 나는 이 시기 한국 역사 속에서 우리 군이 맡아야 할 일에 오로지 충실하겠습니다. 여러분이 여러분의 몫만 해내면 여러 가치와 목표 사이의 조화를 이루는 일은 나와 우리 국민, 여러분의 지휘관이 잘 고려해서 좋은 결과물을 만들어내도록 할 것입니다. 그러니 보람을 갖고 여러분이 맡은 임무에 전념해 주십시오.

한국군의 이미지를 심는 것은 고생스런 일입니다. 그러나 여러분의 땀과 노력이 대한민국의 발언권으로 작용할 때가 있을 것입니다. 여러분이 하는 일은 이라크의 평화·재건을 지원하는 일입니다. 국제무대에서 우리는 여러 가지 협의와 협력을 해나가야 할 때가 많습니다. 이때 지금 여러분이 흘린 땀은 대한민국의 외교력, 한국의 또 다른 힘이 될 것입니다. 외교부장관이 이 자리에 있지만 여

러분이 있고 없음에 따라 외교부장관이 하는 말의 무게가 달라진다
는 점을 알아주십시오.

지금까지 여러 나라를 둘러볼 기회가 있었습니다. 카자흐스탄,
러시아, 인도, 베트남, 아르헨티나, 브라질, 칠레, 라오스, 영국, 폴
란드, 프랑스 그리고 아르빌, 여기에 왔습니다. 가는 곳마다 사람들
의 따뜻한 대접을 받았는데, 대한민국 대통령이라고 하니 모두가
알아주더군요.

우리 경제력이 세계 11위예요. 예컨대 프랑스에 갔을 때 보니 한
국 예술가 이름을 줄줄이 꿰면서 한국을 칭찬하는 사람이 있었습니
다. 각 나라의 과학·기술·경제·문화예술 분야에서 한국 정부나
기업과 뭔가 같이 해보자는 약속이 수없이 체결되었습니다.

과거에는 그 수가 적어 한번 들으면 협정 이름을 딱 외우곤 했는

데 이제는 그 수가 하도 많아 못 외울 지경입니다. 그것도 우리가 어떻게 한번 해달라고 사정하며 매달리는 게 아니라 우리가 '한번 해 볼래?' 하고 한 마디 건네면 금방 '그러자'는 답이 옵니다. 깜짝 놀랐습니다. 대한민국이 이렇게 컸구나 싶었습니다.

이렇게 드높아진 대한민국 위상은 여러분의 힘이 함께 받치고 있기 때문에 가능한 것입니다. 정말 자랑스럽습니다. 여러분이 흘린 땀이 하나하나 대한민국의 힘으로 축적되어 가고 있음을 확실하게 믿어주십시오.

남은 문제는 대통령이 잘하는 것이겠지요. 잘하고 싶은데 하도 별로라고 타박부터 먼저 받으니 마음이 씁쓸했던 게 사실입니다. 그런데 요즘은 외국에 나와 우리나라가 대접 잘 받는 경험을 하고 보니 기분이 아주 좋아졌습니다.

잘하겠습니다. 여러분의 통수권자로서 부끄럽지 않게 하겠습니다. 대한민국 정치지도자로서 적어도 제 양심에 부끄럽지 않도록 하겠습니다. 최선을 다할 것입니다.

누구라도 때로는 잘못 생각할 수 있고 틀릴 수 있습니다. 그러나 민주주의는 큰 오류가 있을지라도 그걸 바로잡을 수 있는 기회 또한 있는 게 장점입니다. 국민이 내 오류를 바로잡아 줄 때까지 내 양심에 따라 최선을 다할 것입니다.

적어도 저는 개인의 이익과 명분이 대립할 때 이익을 선택하지는 않았습니다. 명분은 옳고 그름에 대한, 나와 이 시대를 함께하는 사람들의 믿음입니다. 작은 수단이나 방법상의 오류는 있더라도 큰 흐름에서 대의를 지켜 나가겠습니다. 성공하는 대한민국이 되는 데 저 또한 벽돌 하나를 반드시 쌓겠습니다. 그러니 여러분이 저를 믿고 따라주십시오. 열심히 하겠습니다. ☞

D DAY

동방계획 준비 및 D-DAY 일지

11.24 수

남미순방을 마치고 피곤한 기색이 역력한 대통령이 늦은 밤, 부속실을 찾다.
"아르빌을 들러봐야 되지 않겠나?"

11.25 목

대통령은 비서실장, 국가안전보장회의 관계자들과 함께 한 자리에서 아르빌 방문 검토를 공식적으로 지시하다.

11.26 금

- 최초 관련부처 회의가 열리다.
- 행사 명칭 '동방계획'이 탄생하다.

- 동방계획의 윤곽을 대통령
  에게 보고, 대통령 자이툰사
  단 방문을 확정하다.
- 동방계획추진을 위한 TF(팀
  장 NSC사무차장)가 구성되
  어 본격적인 임무수행을 개
  시하다.

첨성대행사(ASEAN+3정
상회의, 유럽 3개국 방문)
를 위해 출국.

자이툰 사단 후발대 마
지막 전세기를 타고 합
참 작전본부장 등 현지
준비팀과 경호관 선발
대가 출국하다.

11.27
토

11.28
일

ASEAN+3정상회의

11.29~30

12.3
금

D DAY

12.4 금

- 파리에서 동방계획 마지막 회의가 열리다.
- 서울로부터 방문과 관련된 구체적인 계획과 두툼한 보고서가 전달되다.
- 대통령이 쿠웨이트와 이라크 당국에 양해를 구하는 친서에 서명하다.

14:00 NSC 사무차장이 주한 미 대사를 만나 동방계획을 알리다. 같은 시각, 바그다드에서는 이라크 협조반장이 MNF-I 사령관에게 알리다.

18:30 이라크 아르빌 현지 시각 12:30 작전본부장 일행이 아르빌에 도착하여 보안통제 아래 대통령 방문에 대비한 임무를 개시하다.

12.5 일

12.6 월

- 프랑스 출발 공항이 오를리에서 드골로 바뀌다.
- 퐁피두센터 방문과 프랑스 상원 의장 접견 일정이 추가되다.
- 쿠웨이트에서는 프레스센터 설치를 위해 밤을 새고, 아르빌에서는 사전준비 팀과 자이툰사단 관계관이 행사 최종 점검을 하다.

12.8
수

04:00 파리 현지 시각 20:00

특별기가 프랑스 드골 공항을 이륙하다.

04:35 파리 현지 시각 20:45

대통령이 기자단에게 직접 자이툰 부대 방문 사실을 알리다.

"이 비행기는 지금 서울로 못 갑니다. 아르빌에 다녀와야겠습니다!"

기자단은 물론 대다수 수행원, 승무원 모두 놀라 술렁이다.

철저한 보안과 엠바고 준수를 당부하다.

09:00 쿠웨이트 현지 시각 03:00

무바라크 공항에는 대통령을 아르빌까지 수송할 군 수송기 C-130이 모든 준비를 마치고 조용히 대기하다.

D DAY

09:30 쿠웨이트 현지 시각 03:30

작전본부장이 현장의 최종 기상상태를 판단하여 보고하다 전날까지 폭우가 내릴 것이라고 예보되었으나 현재 별이 초롱초롱하다.

10:30 쿠웨이트 현지 시각 04:30

대통령 일행과 기자단을 태운 특별기가 쿠웨이트 무바라크 공항에 도착하다.

11:00 쿠웨이트 현지 시각 05:00

선발된 최소의 수행원과 기자단이 대통령과 함께 우리 수송기를 이용하여 아르빌로 향하다.
미군 F-15 최신예기가 초계경호를 하다.

13:20

이라크 아르빌 현지 시각 07:20

군수송기가 대통령 일행을 태우고 아르빌 공항에 무사히 착륙하다.
미군 아파치 헬기가 공항 주변 공중경계 및 정찰을 제공하다.

대통령님 한 번 안아보고 싶습니다

- 대통령의 방문에 자이툰 부대가 환호와 감격으로 가득 차다.
- 지휘통제실에서 대통령이 부대 현황을 보고받고 격려를 아끼
  지 않다.
- 12여단 식당에서 장병들과 함께 식사를 하다.
- 벅찬 감동을 안고 장병들과 대화를 나누다.
- '정말 장하다! 너무 보고 싶었다' 대통령은 장병들을 크게 격려
  하고 사기를 드높이는 연설을 하다.
- 121대대 내무실을 둘러보며 장병들의 일상을 꼼꼼
  히 챙기다.
- 장병들에 둘러싸여 기념사진을 찍는 중에 한 병
  사가 달려와 대통령을 얼싸 안고 돌다.
- 자이툰 한국군 병원을 방문하여 의료진을
  격려하다.
- 병원에서 이라크 환자들에게 인사를 건네
  며 쾌유를 빌다.
- 코리아 센터에서 근무하는 한국인 근로자
  들과 악수를 나누며 격려하다.

1

아르빌에 다녀와야겠습니다

D DAY

15:18 이라크 자이툰 부대 현지 시각 09:18

– 발이 떨어지지 않는 아쉬움을 뒤로 하고 자이툰 부대를 떠나다.
– 지프차에 몸을 실은 대통령, 눈물을 흘리다.

15:33 이라크 아르빌 현지 시각 09:33

– 아르빌 공항을 떠나 쿠웨이트 무바라크 공항으로 돌아가다.
– 이제야 예보대로 비가 내리기 시작하다.

12.8
수

17:50 쿠웨이트 현지 시각 11:50

– 무바라크 공항에 남은 사람들은
 대통령 일행의 무사귀환을 기도
 하고, 남은 기자들은 기사 작성과
 촬영으로 부산하다.
– 비밀 작전으로 부족한 식사를 현
 지 미군 PX에서 샌드위치로 보
 충하다.
– 무사 귀환을 빌며 기다리던 사람
 들에게 대통령 일행, 환한 웃음으
 로 돌아 오다.

20:20 쿠웨이트 현지 시각 14:20

모든 일정을 마치고 무바라
크 공항을 이륙하여 대한민
국으로 향하다.

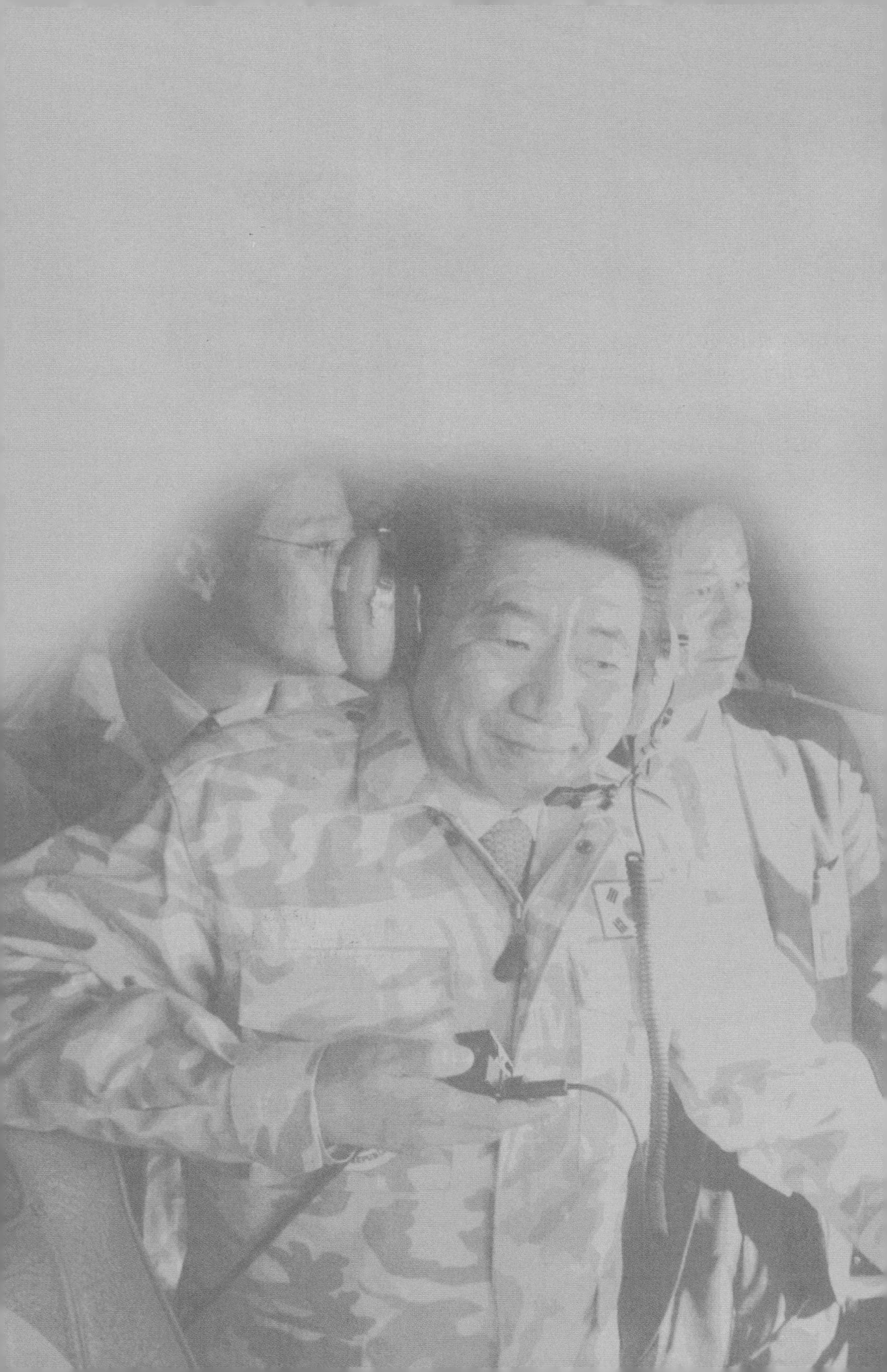

2

감동의 드라마를 만든 사람들

"귀로에 안되면 설날에라도 가야겠다"

| 국가안전보장회의(NSC) 사무차장 이종석

2004년 11월 25일 아침. 며칠 뒤면 '아세안(ASEAN)+3 정상회의'와 유럽 순방(2004.11.28~12.8)을 위해 출국하기로 되어 있는 대통령으로부터 유럽에서 돌아오는 길에 자이툰 부대에 들러 장병들을 격려하고 왔으면 좋겠다는 말씀이 있었다. 참으로 예상치 못한 일이었다. 남미 순방(2004.11.12~12.23)과 유럽 순방 등 계속되는 힘든 일정으로 피곤하기 그지없는 상황일 텐데 거기에 자이툰 부대 방문까지 하시겠다니…. 상상하지 못했던 일이었다. 현지 상황이나 보안 문제 등 여건에 따라 귀로에 방문하시는 것이 어려울 수도 있다는 말씀을 드렸더니, 대통령께서는 "너무 촉박해서

어렵다면 설날에라도 가야겠다"며 자이툰 부대 방문에 강한 의지를 보이셨다.

그 말씀을 듣고 나는 방문대상이 이라크에 파병되어 있는 자이툰 부대인지라 제일 먼저 군과 협의해야겠다는 생각을 했다. 그래서 윤광웅 국방부장관께 간략히 말씀드리고 자이툰 부대를 관장하고 있는 김관진 합동참모본부 작전본부장(현 3군사령관)을 만났다.

사무실로 찾아온 작전본부장에게 대통령의 의지를 전하고 극비리에 방문계획을 만들어 보시라고 했다. 김 본부장은 NSC 정책조정실의 황인무 준장 등과 곧바로 작업에 들어가 이튿날인 11월 26일 초안을 만들어 왔다. 이때 만들어 온 보고서 명칭이 '동방계획'이었다.

생각해 보니 '동방' 이라는 이름은 인도의 시인 타고르가 우리나라를 생각하면서 지은 시 '동방의 등불' 을 연상시키기도 하고, 이라크 입장에서 보면 우리가 동방에서 온 부대이고, 또 대통령이 파리에서 동방으로 가는 것이기도 해서 좋겠다 싶어 그대로 쓰기로 했다.

11월 26일. 작전본부장, 외교부 정책실장, NSC 정책조정실장, 경호실 관계자 등이 모여 동방계획(초안)을 중심으로 각 부처가 준비해야 할 사항들에 대해 논의를 했다. 그리고 대통령께서 출발하시기 하루 전인 11월 27일 아침에 동방계획 최종보고서를 작성하여 그날 오전에 보고드렸다.

본격적인 동방계획 준비

11월 28일, 대통령께서 출국한 뒤 본격적인 준비에 들어갔다. 이 과정에서 가장 걱정된 점은 역시 '보안 유지' 문제였다. 대통령이 테러 위험이 있는 이라크에 방문하는 것이어서 이 계획이 사전에 유출될 경우 어떤 일이 일어날지 모르기 때문이었다.

12월 1일 쿠웨이트 대사와의 현지협조를 위해 외교부, 홍보수석실, NSC 요원으로 구성된 준비 1진이 출발했다. 뒤이어 경호를 위해 이라크와 쿠웨이트로 향하는 경호원들과 외교부 정책실장 등을 12월 3일과 5일 양일로 나누어 건교부 직원의 아르빌 현지조사, 국제행사 참석 등 별도 임무로 출국하는 것처럼 하여 출발하게 했고, 항로변경을 위해 사전 통보가 불가피했던 대한항공측은 경영진에게 보안각서까지 받았다.

프레스센터를 만드는 것도 문제였다. 처음엔 미군이 사용하는 알무바라크 기지 안에 간이 프레스센터를 마련할 정도의 공간은 있을 줄 알았지만 현지 확인 결과 마땅한 공간이 없어, 기지에서 가장 가까운 곳의 한 호텔을 정해 임시 프레스센터를 만들기로 했다. 그런데 이번에는 또 방송 송출시설이 없다는 것이었다. 할 수 없이 홍보수석비서관과 상의한 뒤 KBS 보도본부장을 만났다. KBS 보도본부장에게 "쿠웨이트에서 국가적으로 중요한 일이 있으니 도와달라"고 요청했는데, 고맙게도 본부장은 더 물어보지도 않고 승낙

한 뒤 2명의 송출 기술인력을 지원해 주었다. 2명의 KBS 직원은 무슨 내용인지도 모르고 외교부 정책실장과 함께 쿠웨이트로 날아가 송출을 위한 만반의 준비를 갖추어 주었고, 이들의 노력과 전문지식 덕분에 대통령의 자이툰 부대 장병 격려 장면이 문제 없이 국내 시청자들에게 전달될 수 있었다.

이라크와 쿠웨이트에 대통령의 방문 사실을 알리는 것도 큰 문제였다. 보안 때문에 미리 알릴 수도 없고, 그러자니 자칫하면 외교적 결례를 범할 수도 있었기 때문이다. 고민 끝에 '최대한의 보안을 유지하되 외교적 결례는 범하지 않아야 한다'는 원칙 아래 대통령께서 아르빌 방문을 마치는 시점에 두 나라 지도자에게 친서를 전달하기로 했다.

친서는 서울에서 작성하여 프랑스를 방문중인 대통령님의 검토와 서명을 거쳐 완성되었다. 이 과정에서 친서 초안과 자이툰 부대 관련 보고서 등이 든 서류가방을 들고 파리로 날아갔던 NSC 최과장은, 손이 잘리더라도 놓지 말고 즉시 윤병세 실장에게 전하라고 한 내 지시 때문에 자신이 들고 가는 가방에 무슨 서류가 들어 있는지도 모르고 보물 다루듯 애지중지 하면서 전달했다.

미국에 동방계획을 통보하는 최적의 시간을 선택하는 것도 중요한 문제였다. 대통령이 쿠웨이트와 아르빌을 오고 가실 때 공중 엄호를 위해서는 미군의 협조가 불가피했고, 그러자면 적어도 3, 4일 전에는 통보를 해야 했기 때문이다.

12월 4일 토요일 2시를 택해 크리스토퍼 힐 주한 미국 대사에게 이 사실을 알렸다. 나는 힐 대사에게 동방계획이 극비사항임을 설명하고 파월 국무장관과 라이스 안보보좌관에게도 보고해 달라고 했다. 또한 이라크 현지에서는 2시간 후 한국군이 미군 사령부로 협조 요청을 할 것이라고 말했다. 그러자 힐 대사는 "매우 흥미롭고 놀랍다"며 "잘된 일"이라고 말했다.

귀국 때까지 긴장을 놓을 수 없어

12월 4일부터 8일까지는 보안유출이 염려되어 밤에 잠이 오지 않았다. 비몽사몽간에 잠이 들었다가 깨곤 했다. 무엇 하나라도 유출되면 모든 계획이 물거품이 되어 버릴 수도 있었기 때문이다. 유럽과 쿠웨이트, 아르빌을 연결하면서 상황을 확인하고 조치를 하다 보니 시간차 때문에 밤낮 구분이 애매해질 정도였다.

드디어 ASEAN 정상회의를 마치고 영국 · 폴란드 · 프랑스를 잇달아 방문한 대통령님은 전용기를 타고 드골 공항을 이륙했다. 12월 8일 오전 10시 30분(현지 시각 04:30) 무바라크 미군기지에 도착하여, 미리 대기하고 있던 우리 공군의 C-130 수송기를 타고 아르빌로 출발했다. 그리고 자이툰 부대 장병들과의 감격적인 만남에 이어 오후 2시 33분(현지 시각 09:33) 아르빌 공항을 이륙하셨다.

한편 그 시각 서울에서는 혼란이 일어났다. 당초 대통령께서 도착하시기로 한 시간은 오후 3시 30분이었다. 물론 아르빌 방문 때문에 실제로는 다음날인 12월 9일 새벽에 도착하시기로 되어 있었다.

문제는 대통령께서 아르빌을 출발하시는 시간(한국 시각 오후 2:33)까지는 보도통제가 이뤄지고 있어서 국내에서는 대통령께서 그 시간에 서울공항에 도착하시는 것으로 알고 있었다. 더욱이 출영객들 중에는 대통령께서 방문하신 나라들의 주한 외교관들이 있어서 외교적 결례를 범할 우려가 컸다. 그래서 이 분들에게 언제쯤 대통령님의 아르빌 방문 사실을 알려야 할 것인지가 문제였다. 고심 끝에 서울 도심에서 성남의 서울공항까지 가는 시간을 고려해 8일 오후 12시 30분쯤에야 "대통령의 귀국이 지연되고 있으니 도착 2시간 전에 알려드리겠다"고 통보했다. 외곽 경호를 위해 이미 요소요소에 배치된 경찰들에게는 행정자치부를 통해 같은 내용을 알려주었다.

그러자 의전을 책임진 행정자치부 장관이 총리님께 전화를 걸어 대통령의 귀국이 늦어지는 이유를 따져 물었다고 한다. 왜 답답하지 않았겠는가? 지금 생각하면 죄송하기 이를 데 없다. 하지만 보안과 안전을 책임진 나로서는 어쩔 수가 없었다. 나는 아르빌 출발 소식을 확인한 오후 2시 33분이 지나서야 행자부 장관께 전화를 걸어 전후 사정을 설명하고 양해를 구했다.

우리나라의 성장된 역량을 보여준 사건

12월 9일 새벽에 귀국한 대통령은 "이라크에 나가 있는 장병들이 하나같이 얼굴이 밝아 기분이 좋았다"면서 "또한 보안이 잘 지켜진 것이 너무 기쁘다"고 말씀하셨다. 지금 생각해도 어떻게 그렇게 다양한 인원이 다양한 장소에서 임무를 수행하면서 철통같은 보안 속에 동방계획을 성공시킬 수 있었는지 나 스스로도 놀랍다.

무엇보다도 이러한 성공은 우리 나라의 국력이 신장되었기 때문에 가능했다고 본다. 대통령님의 갑작스런 특정 지역 방문을 위한 국가간의 교섭과 자원 동원, 철저한 보안 유지 속에 진행된 수많은 일들…. 게다가 대통령은 12일 동안의 순방 기간 내내 우리 항공기로 이동하고, 우리 군의 수송기를 탔으며, 자이툰 부대에서도 우리 장갑차와 우리 지프를 타셨다. 우리나라의 역량이 어느새 이만큼 성장한 것이다.

동방계획에 참여한 모든 사람들이 말없이 자기 자리에서 열심히 한 결과, 군 통수권자인 대통령이 자이툰 부대를 직접 방문해 장병들을 격려한 극비프로젝트가 성공할 수 있었다고 생각한다. 그리고 대통령께서 자이툰 장병들을 껴안고 눈물을 흘리는 모습을 보고 대한민국 국민들 모두가 기뻐하고 하나가 될 수 있는 소중한 계기가 될 수 있었다. 이 자리를 빌어 동방계획에 참여한 모든 분들에게 감사의 말씀을 드린다.

각본에 없는 일, 군대에는 절대 없다?

의전비서관(현 국정상황실장) 천호선

2004년 11월 27일 대통령은 아르빌 방문 의지를 최종 확인했다. 수많은 걱정이 몰려오는 순간이었다. 어떻게 대통령 특별기를 함께 타고 수행하는 그 많은 사람들, 특히 기자들이 눈치 채지 못하게 할 수 있을까? 이라크에 간다 해도 서울에서 바로 불시에 방문한다면 모를까 '계획'이 시작된 이 순간부터 열흘 후 파리에서 비행기가 이륙할 때까지 그 많은 눈들 속에서 보안이 철저히 지켜지기란 얼마나 어려운 일인가 말이다.

만에 하나 방문사실이 사전에 언론에 보도되고 이라크 저항세력이 알게 된다면…… 아찔한 일이었다.

가장 큰 과제는 파리에서 예정보다 늦어진 출발로 생긴 대통령 일정의 공백을 무엇으로 채워 넣을까 하는 것이었다. 이는 의전비서관의 전적인 책임이었으며 그 과정에서 아무도 의심하지 않도록 하는 것이 관건이었다. 대통령의 해외순방 일정은 출발 며칠 전 미리 공개되는 것이 관례이다. 그리고 그 일정이 출발 후에 변경된 일은 적어도 내가 의전비서관을 맡은 동안에는 한 번도 없었다. 그러니 갑자기 일정이 변경되고 새로운 일정이 추가되는 순간 눈치 빠른 사람이라면 의문을 가지게 될 것이다.

게다가 나라 안에서도 아니고 다른 나라에서 대통령의 공식 일정을 갑자기 만들어내는 일이 상식적으로 쉬운 일이겠는가. 자칫 의전적인 결례가 될 수도 있어 아무나 만나자고 할 수도 없는 노릇이고. 게다가 당시 파리 출발시간이 유동적이라 시간이 어느 정도 소요되는 일정을 만들어내야 하는지도 애매한 상황이었다.

그때 번뜩 떠오른 생각, 아 상원의장! 당초 상원의장 면담을 검토하다가 시간이 여의치 않아 계획에서 제외했었다. 그래, 이걸 살려내자. 너무 임박해서 가능할지, 의전상 결례가 되지 않을지 걱정이 앞섰지만 가능성이 가장 높은 일이니 어떻게든 성사시켜야 했다.

사무실에 돌아오자마자 해외행사를 총괄하고 있는 정연두 행정관을 조용히 불러 말했다. 상원의장과의 면담 일정을 살려낼 것. 가능하면 늦게 약속을 잡을 것. 그래야 이 일정 하나로 최대한 시간을 벌 수 있다. 그리고 철저한 보안유지. 단, 이유는 묻지 말고! 그로서도 참 황망한 일이 아닐 수 없었을 것이다.

2004년 하반기 해외순방은 정말 힘겨운 일정의 연속이었다. 여러 가지 사정이 있었겠지만 의전비서관 입장에서는 외교부가 대통령을 너무 혹사시키는 것이 아닌가 하는 원망이 들 정도였다. 그래도 대통령은 그 여정을 기꺼이 소화하며 계획된 일정대로 라오스를 거쳐 영국으로 갔다. 영국으로부터는 우리나라가 처음으로 국빈초청을 받은 터라 기본으로 잡힌 일정도 만만치 않았고 의전상 신경쓸 일이 한두 가지가 아니었다. 정신없이 일정을 점검하고 대통령을 수행하면서도 머릿속으로는 앞으로 닥칠 일에 대한 준비로 여념이 없었다.

드디어 프랑스 상원의장과 약속이 잡혔다는 연락이 왔다. 외교부 의전장과 함께 실질적으로 일정을 조정하고 파생되는 문제점들을 정리해갔다. 특별기의 출발시간을 조정하고, 이유를 모르고 당혹해할 프랑스 측과 제반 사항에 대한 조정을 시작했다. 지금에서야 말이지만 다급하게 잡은 면담 일정을 흔쾌히 받아들여준 상원의장이 얼마나 고맙고 감사한지 모른다.

한 고개 넘었다 싶었는데 산이 앞을 가로막는다던가. 아르빌 공항에는 야간 통제시설이 없어 이른 아침에 도착하게 하려면 프랑스 출발시간을 더 늦춰야 한다는 경호실의 연락이 있었다. 상원의장 면담 일정을 다시 조정할 수밖에 없었다. 게다가 프랑스 오를리 공항 측에서는 그 시간에 파키스탄 대통령이 들어오기 때문에 우리 비행기를 띄울 수 없다고 했다. 그 시간을 고집한다면 드골공항으로 비행기를 옮겨서 출발하라는 것이 아닌가.

보안 유지에 치명적인 허점을 드러낼 수 있는 일이라서 꽤나 오래 공항 측을 설득했다. 많은 사람들이 의아해할 만한 상황이고 최악의 경우 기자들이 이로 인해 눈치를 채버리면 어떻게 할 것인가?

그러나 사실을 숨기고 설득하자니 명분이 모자랐다. 어쩔 수 없이 드골공항으로 비행기를 옮겨놓고 이 사실을 기자들과 수행원들에게 가능한 늦게 알려줘야 했다. 이 복잡한 조정과 씨름 과정은 한시도 긴장을 놓지 못하게 했다. 일정이 추가되고 출발이 늦어졌다는 사실은 영국과 폴란드에서, 공항이 바뀌었다는 사실은 파리에서 공개되었다.

한참 지나 그 당시 함께 수행했던 몇몇 기자들과 만나 점심을 하면서 이라크 방문이 화제가 되었을 때 농담 삼아 말했다.

"감쪽같이 속았지요? 여러분을 집단적으로 속이니 꽤나 통쾌하던데요. 허허!"

기자들은 정말 눈치를 채지 못했었다고 한다. 그들도 계속되는 순방에 지쳐 있었고 오히려 예상치 않았던 여유시간이 생기니 시내 구경이라도 해야겠다는 생각밖에 안 들었다고 했다. 아마 거기가 파리였기 때문에 더욱 그러했을 것이다. 하나라도 더 보고 싶은 매력적인 도시 아닌가. 어떤 기자는 공항이 바뀌었다는 소식을 못 듣고 드골공항에 와서야 '어, 도착했던 공항이 아니네.' 했다는 후문이다.

해외든 국내든 대통령의 외부 일정 장소는 항상 의전행정관이 사전답사를 철저히 한다. 행사의 진행 시나리오는 물론 대통령의 동선까지 일일이 점검하는 것이 기본이다. 의전비서관은 그 답사 결과를 토대로 최종적으로 계획을 확정 짓고 대통령을 현장에서 인도

하는 것이다.

그런데 이번 행사는 처음으로 의전비서관실의 사전답사 없이 진행되었다. 물론 현장에 가 있는 NSC와 경호실에서 개괄적인 행사 계획과 현장 요도를 보내왔다. 준비된 사전답사 자료에 비할 바가 아니었지만 어쨌든 그것을 가지고 행사의 구체적인 계획을 점검하고 대통령 수행경로 등을 결정해야 했다.

파리를 출발하는 당일 오전 행정관 2명을 선발했다. 7명의 행정관 가운데 누구를 고를 것인가도 큰 고민이었다. 다른 격무로 지친 사람들은 빼고 외교부 출신 이종헌 선임 행정관과 공군사관학교 출신인 오상호 행정관을 불러 자료를 주고 같이 검토했다. 순수한 도상 훈련만 하고 현장에 들어가는 셈이었다.

2004년 12월 8일 새벽, 쿠웨이트 공항에서 우리 공군의 C-130 수송기에 몸을 실었다. 이어 도착한 아르빌 공항은 비행장이라 하기 어려울 정도로 황량했다. 무사히 착륙한 우리는 여러 대의 지프차에 나누어 타고 자이툰 부대로 향했다. 정말 TV에서 보던 풍경 그대로였다. 어디서 총탄이나 로켓포가 날아오지 않을까 하는 상상도 했지만 큰 걱정이 되지는 않았다. 자랑스런 우리 자이툰 부대와 경호실, NSC에 대한 믿음이랄까.

현지에 도착해보니 자이툰 부대는 계획을 세우며 요도를 보고 상상했던 것보다 훨씬 컸다. 자이툰 부대 관련 브리핑을 받고, 식당에서 장병들과 식사하고, 내무반을 둘러보고 나왔을 때였다. 수많은 장병들이 나와 오히려 우리를 격려하고 환영해 주었다. 코끝이 찡해오고 눈가에 물기가 어리는 순간이었다.

그때 갑자기 한 병사가 "대통령님"을 부르면서 튀어나왔다. 우리 의전팀은 순간 당황했다. 수행 경호관들이 대통령을 둘러싸고 그를 제지하려 했다. 아니, 이건 또 무슨 일이란 말인가? 의전 행정관에게 물었다.

"우리가 주문한 일인가, 이런 게 계획돼 있었나?"
"아닙니다. 듣지 못했습니다."

우리가 당황한 사이 대통령은 웃으며 '그럽시다' 하고는 그 장병을 덥석 안았다. 그 억센 포옹이란. 아직도 바짝 긴장하고 있는 터에 그 병사가 이번엔 대통령을 안고 한 바퀴 도는 것이 아닌가? 경호관들의 입장에서는 아연실색할 일이었다.

당시, 아니, 지금까지도 이 '포옹사건'이 미리 꾸며진 일이라고 생각하고 있는 사람들이 있는 것으로 안다. 군생활을 경험한 남성들은 더욱 그러할 것이다. '아니, 군대에서 행사할 때 각본 없이 하는 일이 어딨어!' 라고 말하는 사람들이 많다고 한다. 그런데 만일 각본을 가지고 그런 감동을 만들어 낼 수 있었다면, 그런 탁월한 연출능력을 가진 우리 의전비서관실이 영화라도 찍겠다고 나설 일이다.

우리 스스로도 믿기 어려운 대통령의 전격적인 자이툰부대 방문은 무사히 이루어졌다. 우리 청와대 직원들은 당연한 일을 했다 하더라도 그 과정에서 수많은 사람들이 내색도 못한 채 어려운 고비를 아슬아슬하게 넘겨내며 맡은바 임무를 해냈기에 가능했던 일이 아니던가! 그 분들이 자랑스럽고 고맙기 그지없다.

'잘한 일' 이라기보다 '당연한 일'

| **부속실장** 윤태영

아르빌!

아르빌은 언제나 대통령의 마음 한 귀퉁이에 자리 잡고 있었음이 틀림없다. 그렇기에 어느 날 문득 그곳으로 발길을 돌릴 수 있었던 것이 아닐까?

남미순방을 마치고 밤늦게 귀국하고 나서 하루가 채 지나지 않았던 2004년 11월 24일 수요일 오후. 여독과 시차의 고통에서 벗어나지 못한 대통령은 피로한 기색을 감추지 못한 모습으로 부속실을 찾았다.

"아무래도 이번엔 그쪽으로 가는데, 오는 길에 아르빌을 들러봐야 되지 않겠나? 누구한테 어떻게 지시를 해야 할지 준비해 주게."

그렇게 작은 시작이었다. 대통령은 아르빌의 자이툰 부대 방문을 거창한 프로젝트로 생각하지 않았다. 그저 대통령으로서 당연히 해야 할 일 가운데 하나로 여기고 있었다. 그러했기에 아르빌 방문 계획이 최종 확정되고 실행에 옮겨지는 그 순간까지 대통령은 노심초

사하지도 않았고 남달리 긴장하지도 않았다. 처음부터 끝까지 담담한 표정으로 임했을 뿐. 아니 오히려 정확히 말하면 이 계획에 관한한 철저히 침묵으로 일관하면서 모든 준비는 실무진에 전적으로 일임했다. 그 침묵이 담대함이었는지 또 다른 긴장이었는지는 끝내 알 수 없었다.

다음날인 11월 25일 목요일 오전, 본관 집무실. 대통령은 비서실장과 NSC 관계자들이 함께한 자리에서 자이툰 부대 방문 검토를 공식적으로 지시했다. 지시는 간단했다. 프랑스 방문이 끝나는 대로 아르빌로 가자는 것. 어떤 전제 조건도 없었고 어떤 추가 단서도 없었다.

이날 오후 부속실 직원이 대통령에게 물었다.
"혹시 그곳에서 1박을 하실 계획이십니까?"
보던 서류를 내려놓으며 대통령이 대답했다.
"내가 거기서 자면 거기 사람들은 얼마나 힘이 들겠나?"

출국을 하루 앞둔 27일 토요일 오전. 관저 접견실에서 열린 회의에서 계획이 최종 확정됐다. 바뀐 비행 항로가 그려진 지도 위에 '동방계획'이라는 글자가 크게 자리 잡고 있었다.

순방 끝 방문이라 보안상 문제가 생길 것을 우려해 2005년 설날을 전후한 방문안이 논의되기도 했으나 그것도 잠시. 이번이 적기라는 판단이 압도적이었다. 대통령은 대강의 설명을 듣고는 계획을 승인했다. 끝까지 결정이 쉽지 않았던 문제는 언론 통보 시점과 엠바고. 이 역시 묵묵히 듣고 있던 대통령이 정리를 했다.

"걱정하지 마십시오. 이 문제는 언론도 잘 협조해 줄 겁니다. 믿고 해야죠."

그리고 잠시 후 대통령이 한 마디를 덧붙였다.

"또 알려지면 알려진 대로 가야죠. 괜찮을 겁니다."

계획을 알고 순방길에 나선 몇몇 참모들은 큰 부담일 수밖에 없었다. 계획이 허점 없이 잘 짜여진 것인지 또 미처 생각하지 못한 문제는 없는지 조바심이 났지만, 그렇다고 순방국 현지에서 할 수 있는 일은 극히 제한돼 있었다.

라오스 방문을 마치고 영국 런던에 도착한 날 밤. 관계자 회의가 심야에 열렸다. 서울에서의 준비상황을 듣고, 현지에서 챙겨야 할 사항들을 점검하는 자리였다. 최대 고민은 역시 일정 변경에 따른 보안유지와 원활한 기사 송고 문제였다.

다음날 아침, 간략히 준비상황을 보고받은 대통령은 '알았다'는 짧은 답변과 함께 다시 한·영 정상회담 준비에 몰두했다.

파리에 도착한 12월 5일 일요일. 마지막 점검회의가 열렸다. 아르빌 방문 이틀 전이었다. 서울에서 온 구체적인 시나리오와 함께 상당히 두툼한 보고서가 부속실로 전달됐다. 쿠웨이트와 이라크 당국에 양해를 구하는 대통령의 친서도 작성돼 있었다. 대통령의 서명이 필요했다.

밤이 깊어가던 10시 무렵. 대통령은 다시 간략한 보고를 받고 친서에 서명했다. 두툼한 준비 자료도 건네졌지만, 대통령은 비행기에 탑승한 뒤에 볼 수 있도록 챙겨달라며 되돌려주었다.

이틀 후인 12월 7일. 당초 계획보다 지연된 출발 시간으로 여유가 생기자 대통령은 선뜻 퐁피두센터를 찾았다. 광주 문화중심도시를 염두에 둔, 예정에 없던 일정이었다. 대통령은 특별히 도서관의 운영 방식에 깊은 관심을 보이면서 많은 질문을 던졌다. 영빈관으로 돌아온 대통령은 간단한 식사를 마친 후 이번 순방 공식수행원들과 기념 촬영을 했다. 그리고 드골 공항으로 이동.

쿠웨이트행 특별기가 이륙하자 대통령은 예정대로 기자들 앞에 나가 아르빌 방문 계획을 설명하고 협조를 당부했다. 언제나 그랬듯이 있는 그대로의 자연스런 모습이 가장 훌륭한 연출이 되었다. 이어서 기내 준비회의가 열리고 대통령은 그때서야 비로소 구체적인 시나리오를 보고받았다.

아르빌 현장 분위기는 말 그대로 대환영. 아무리 정교한 각본으로도, 그 어떤 장치로도 만들어낼 수 없는 감동이 그곳에 있었다. 오히려 인위적으로 무언가를 연출하려 했다면 그런 장면은 결코 만들어질 수 없었을 것이다. 어쩌면 그것은 꾸밈없이 솔직한 대통령, 권위주의를 벗어던진 친근한 대통령, 그러면서도 언제나 변화하고 도전하는 대통령이었기에 가능한 장면이 아니었을까?

지금도 대통령은 많은 사람들로부터 '아르빌 방문은 진짜 잘한 일' 이라는 말을 듣는다. 그래도 대통령은 특별히 대꾸하지 않는다. '잘한 일' 이라기보다 '당연한 일' 이었다는 생각을 하고 있기 때문일 것이다. 아르빌 방문으로 지지도가 상승했다는 이야기가 들려왔을 때도 대통령은 고개를 갸웃하는 표정이었다. 지지도의 상승을 기대하며 한 일이 아니었기에. 아니 어쩌면 아르빌을 가듯이, 꼭 그 각오와 그 자세로 대한민국 대통령으로서의 삶을 하루하루 살아가고 있기 때문일지 모른다.

“한국 대통령님을 직접 뵈었으면 더 좋았겠지만 방문
이 성공적으로 끝나 만족스럽다. 총리로서 우리 지역을
방문하신 것에 대해 감사드린다.”

쿠르드 지방정부 총리

“한국 대통령님의 방문을 계기로 민간기업 진출 등 한
국과의 활발한 교류가 이루어지길 기대하겠다.”

쿠르드 지방정부 내무장관

최소 인원으로 완벽한 보안을 유지하라

| NSC 정책조정실 해병대령(진) 황우현

군에서는 임무를 수행하는 데 따르는 기본적인 절차가 있다. 임무를 부여받으면 어떤 모습의 결과가 나와야 성공적으로 임무를 완수하는 것일 까를 생각하면서 상황 판단을 하고, 관련 참모부서와의 협조를 통해서 임무를 분석하고 통합된 계획을 만들어 시행에 들어간다. 그런데 동방계획은 아주 예외적인 경우였다.

최소 인원으로 완벽한 보안을 유지하며 진행하다 보니 상황 판단부터 어려움에 직면할 수밖에 없었다. 머리를 맞대고 논의할 때마다 하나씩 문제가 불거져 나왔고 이에 대한 해결책을 논의해야 했다.

각종 계획과 참고자료, 200여 개의 확인점검 목록을 만드는 데도 합참의 해외파병 업무 전문가들의 도움을 받지 못하면서 만들다 보니 애로사항이 하나 둘이 아니었다.

날이 감에 따라 현지로 떠날 팀에 대한 준비와 파리로 보내야 할 각종 자료를 만들고, 들고 갈 수 있도록 챙겨줘야 했다. 또 그 이후에는 각기 시차가 다른 장소에서 일하는 팀원들과 서로 협조 및 통제, 사무차장에게 보고하는 와중에 한치의 오차도 없이 임무를 완수해야 한다는 것이 얼마나 부담스러웠는지…

멀리 유럽 순방 중인 대통령 보좌진과 실제 계획을 추진하고 있는 NSC 간의 원활한 연락은 보안유지 때문에 제한사항이 너무 많았다. 그런데 일이 잘 풀리려고 하니 그랬을까. 마침 우리 정책조정실의 최동방 과장이 순방기간 중간에 파리로 가 순방팀과 합류하기로 계획되어 있어 NSC에서 긴급하게 만든 자료들을 무사히 전달할 수 있었다. 물론 최 과장은 아무것도 모른 채 무작정 무거운 짐을 들고 메고 힘들게 파리에 도착했다. 이후에도 보안유지 때문에 아주 원시적인 방법으로 자료를 수정하고, 복사하고, 세절하고, 전해주는 등 수고가 많았다. 귀국 후 최 과장이 내게 한 말이 있다.

"어떻게 그렇게 감쪽같이 속일 수 있으세요? 저 국정원 직원 맞아요?"

특별기 항로 조정, 영공 통과 요청 등도 보안을 철저히 유지한 채 조치하려니 어려움이 많았던 일이었는데 경호실에서 애를 많이 썼다.

다음으로는 선물 문제. 장병 격려 기념품 3,800개를 준비하는 것도 문제였고 수송도 어려웠다. 자이툰 부대 후발대 장병수송용 전세기가 없었다면 도저히 할 수 없는 일이었다. 이 또한 하느님이 도와주셨다고밖에……

비서실 총무구매국장이 휴일인데도 할 일이 있어 사무실에 출근했다가 한참 고민하고 있던 나와 마주친 것이다. 정상적인 절차는 아니지만 비서실장님께 보고 드렸다고 말하고는 보안 때문에 사실과 약간 다르게 설명하며 준비를 부탁했다.

"자이툰 부대 장병 연말 격려품으로 3,800개의 가죽지갑이 필요합니다. 12월 3일 마침 이라크로 가는 전세기가 있어 실어 보내려고 합니다. 비서실장님께서 결제하셨습니다. 도와주십시오."

결국 5일 만에 장병들에게 전달될 기념지갑을 이라크 행 전세기에 실을 수 있었다.

아르빌 현지로 떠나기 직전, 황인무 준장과 최종 계획을 확인하는 과정에서 격려금도 준비해보자고 하여 격려금도 번갯불에 콩 볶아 먹듯이, 12월 3일 아침에야 사무차장과 상의했다.

"격려금에 대해 비서실장님께 말씀드려 주십시오. 기왕이면 장병들과 함께하는 식탁도 풍성하고, 대통령님께서 지갑과 함께 격려금까지 직접 전해주시면 금상첨화 아니겠습니까?"

사무차장과 비서실장도 이 뜻에 흔쾌히 동의하고 바로 조치를 해주었고, 그 돈은 파리로 향하는 최과장의 007가방 속 깊숙한 곳에 담겨지게 되었다.

보안을 유지한 채 경호원들을 아르빌 현지에 도착하게 하는 일 또한 일이 잘 되려니까 12월 3일 쿠웨이트로 출발하게 되어 있는 자이툰 사단 후발대 마지막 전세기를 이용할 수 있었다. 사전에 준비되고 계획된 전세기에 경호원 ○○명이 탑승하는 것은 아무 문제없지만, 신분을 위장한 채 갑자기 추진되는 계획에다 해외에서 이루어지는 일인데 만약 전세기가 없었다면 어땠을까? 건장한 ○○명의 경호원들이 개인 화기, 각종 장비 등을 휴대한 채 어떻게 보안을 유지하며 이동이 가능했을까? 불가능했음에 틀림이 없었다.

대통령 경호원이라고 밝힐 처지가 아니다 보니 합참에는 쿠르드 지방정부가 추진하고자 하는 아르빌 지역 3대 사업 타당성 조사를 위한 건교부 직원과 정부조사단이라며 협조를 구할 수밖에 없었다. 그러다 보니 너무 많은 난관과 어려움에 봉착했다.

경호실 직원 이름을 정상적으로 기록할 수도 없었고 경호에 필요한 장비와 무장 상자를 비행기에 탑재하면서 품목을 말할 수도 없었다. 국방부와 합참, 국군수송사 등 실무자들에게는 아르빌 현지 조사가 국가 이익에 관련한 중대한 일로 NSC 상임위에서 결정된 일이라고 했다. 물론 실제로 그런 일은 없었으나 어쩔 수 없는 일이었다.

이 건교부 직원과 정부조사단들을 최우선하여 탑승 조치해야 하며, 상자는 중요한 관련장비로 미리 확인하고 포장해둔 것이니까 확인할 필요없다고 하니 실무자들이야 말도 안 되는 일이라며 화를 낼 밖에. 결국 나보다 선배 장교였던 국방부 수송실무자까지 항의 전화를 하기에 이르렀다. 건교부 직원과 정부조사단이 뭔데 계획을 바꿔가며 초과 탑승객을 받아야 하며, 이에 따르는 안전 문제는 누가 책임질 것이냐 등등 얼마나 따져대던지!

"저도 실무자지만 NSC 상임위에서 결정한 사항으로 국방장관님도 동의한 일입니다. 우선적으로 지원해야 합니다."

"이래도 되는 겁니까? 공문도 없이 그냥 말로 지시하면 되는 거냐고요! 이런 법이 어디 있습니까?"

그렇다고 비행기가 준비되지 않아 동방계획을 망칠 수는 없는 일 아닌가. 나로서는 NSC 상임위 결정사항이라고 거짓말로 설득하며 협조해달라고 할 수밖에.

목소리를 높여가며 언쟁을 벌이기는 했지만 얼마나 죄송스럽던지. 나중에 이 사실을 알고 난 후 그 국방부 실무자의 심정은 어떠했을까? 더구나 동방계획과 관련해 NSC 상임위에서조차 아무런 공식 회의도 없었는데. 이제야 합참 해외파병과 담당 장교들과 국군수송사 담당관들에게 대단히 미안하고 고마웠음을 밝힐 수 있게 되었다.

대통령이 테러가 자행되고 있는 이라크의 자이툰 부대를 직접 방문하여 장병들을 격려한다는 것은 정말로 엄청난 일인데 어떻게 국민들에게 알려줄 것인가? 다행히 홍보수석과 KBS 보도본부장의 적극적 지원으로 급파된 해외 언론의 박영국 과장, KBS 기술지원팀 2명의 노력으로 촉박한 시간에도 불구하고 홍보 대책을 적절하게 세울 수 있었다. 방문 전날 자이툰 부대에서 긴급 지원된 장병 7

명도 간이 프레스센터에서 인터넷선 작업을 위해 밤을 새웠다.

NSC 정책조정실 내에서의 처신과 보안유지도 만만치 않게 곤혹스러운 일이었다. 20여 명의 직원이 옹기종기 함께 모여 있는 사무실에서 직원 모두에게, 특히 대선배인 해군 임 대령에게 비밀로 한다는 것은 정말 미안하고 어려운 일이었다.

평상시와는 다르게 내가 차장실에 뻔질나게 들락거리면서, 뭔가를 정신없이 만들고 복사하고, 여기저기 전화하면서 건교부 직원이 어떻고 하는 알 수 없는 소리를 하는데도 아무런 설명이 없었으니 왜 기분이 안 나빴겠는가. 게다가 황 장군은 그렇다 치고 갑자기 최 대령도 소리 없이 출근을 안 하는데 내 답변은 갑자기 미국 출장 갔다고 하지, 박국장 또한 말없이 사라졌는데 아무도 모른다고 하니 얼마나 궁금했으랴. NSC 내부에서는 대통령 일행이 아르빌에 도착한 후 확대 간부회의를 통해서 비로소 동방계획에 대한 설명과 함께 안전을 위해 보안유지가 필요했음이 알려졌다.

촉박한 시간과 철저한 보안을 지켜내며 맞은 행사 당일. 시간은 왜 이리 더디 가는 것인지. 전날부터 사무실에 야전 침대를 놓고 뜬 눈으로 앉아 열심히 기도하며 연락을 기다리는 시간에는 진땀만 흘렸다.

드디어 일이 무사히 종료되었음을 보고할 수 있는 시간이 왔다.

"마지막 행사가 다 끝나고 대통령님을 모신 비행기가 아르빌 공항을 이륙했습니다. 차장님!"

"아, 그래! 수고 했어요. 황 대령! 쿠웨이트에 도착하실 때까지 잘 확인해요!"

"쿠웨이트에 도착하셨습니다. 차장님!"

"그래! 수고했어요!"

이어지는 안도의 악수.

'아! 드디어 해냈구나.'

언론에 공개되는 12월 8일 저녁 7시.

TV 앞에 모여든 우리실 직원들은 대통령의 자이툰 부대 방문 영상이 나오자 감격하여 와! 하는 환호성을 지르며 내게 수고했다는 인사를 건네느라 정신없었다. 이후 수일간 지속된 언론의 뜨거운 반응을 보며 참 흐뭇했다.

말로는 다 할 수 없었던 이야기들을 누군가에게 해주고 싶은 욕망이 솟아나지만 평상시와 같이 오직 묵묵부답이 내 몫이었다. 그저 남들이 007 영화 같다, 정말 잘했다며 칭찬해 주는 것에 감사했고 무엇보다도 안전에 위협을 받을 수 있는 상황에서 그런 결단을 실행한 대통령을 많이 떠올렸다. 직접 이라크 자이툰 부대를 방문하여 장병들을 격려하는 일, 누구도 생각하지 못한 대통령의 엄청난 결단과 우리 군에 대한 한없는 사랑을 확인하는 귀한 계기가 되었다. 이런 국가적 중대사의 한 축을 담당한 것에 언제나 자부심을 품으리라.

저, 정보기관 출신 맞나요?

| NSC **정책조정실 행정관** 최동방

2004년 12월 3일. 난생 처음 대통령의 해외 순방행사에 참여하게 된다는 생각으로 다소 흥분되어 있는 나를 발견할 수 있었다. 그날 오후, 김진향 박사가 '내일 몇 시에 출발하느냐'고 물었다. 의례적 질문이라고 생각했지만, 사무실에 나왔다 갈 수 있느냐고 묻기에 좀 의아했다.

"공항 도착이 오전 7시인데 사무실에 나왔다 가려면 새벽 4시 반에는 나와야 합니다."

"그럼 정책조정실장님께 전달할 물건이 있으니 기다렸다가 꼭

가져가게."

뭘 빠뜨리고 가셨나? 곧이어 사무차장실에 출장인사를 하러 올라갔는데, 가방 잘 전달하라고 하면서 뜻 모를 미소를 보냈다. 가방에 보약이라도 들어 있나?

늦은 저녁 황우현 대령이 잠겨있는 007가방 하나와 튼튼하게 포장된 A4 상자 하나를 가져와 내가 전달할 물건이라고 했다. 어찌나 무거운지 들기도 힘들었다. 황 대령은 미안한 표정으로 쳐다봤다.

12월 4일. 일어나자마자 짐이 잘 있는지 살폈다. 집을 나서며 007가방은 가슴에 안고 핸드캐리어는 발밑에 두었다. 현관을 나서면서부터 프랑스 파리에 도착할 때까지 그들은 나의 분신이었다.

12월 5일 오후 1시 30분경 기다리던 수행원들이 호텔에 도착했다. 얼른 윤병세 NSC 정책조정실장에게 물건을 전달하고 좀 자유로워지고 싶었다. 그런데 나보다도 먼저 실장이 물건을 찾았고 무사히 가져온 것에 대해 필요 이상으로 칭찬했다. 그뿐이 아니었다. 잠시 후 권진호 국가안보보좌관이 찾기에 급히 올라갔더니 물건 가져오느라고 고생 많았다는 예상치 못한 격려를 또다시 들었다. 이 때부터 '내가 도대체 뭘 가져온 걸까' 하는 궁금증이 불길처럼 일었다. 하지만 물건은 이미 실장 손에 넘겨진 뒤였다.

그날 실장은 아주 바빠보였다. 상황을 보고하려고 방에 들어가면 화들짝 놀라 무언가를 숨기기에 급급했고, 급한 일이 아니면 다음에 이야기하자며 따돌렸다. 이런, 서울에서는 측근이었는데. 다음날 아침은 더욱 가관이었다. 아침식사 장소에까지 서류 뭉치를 들고 다니는 것이 아닌가. 중요한 서류라서 호텔방에 놓아둘 수 없다는 것이다.

12월 6일 10시쯤 실장이 조용히 나를 불렀다. 자못 심각한 표정으로 마치 비밀결사를 꾀하는 듯 무겁게 입을 뗐다.

"뭔가 중요한 계획이 진행 중인데 자료 수정과 복사 등 제반 준비를 내가 직접하면 보안 노출이 불가피할 것 같다. 그러니 네가 좀 수고를 해야겠다."

그러고는 은밀하게 동방계획을 알려주었다. 망치로 한 대 얻어맞으면 이런 느낌일까. 그제서야 사무차장, 김진향 박사, 황우현 대령의 이상한 표정과 행동들이 하나하나 꿰어졌다. 문득 내가 정보기관 출신 맞나 하는 생각이 들었다. 날 속일 정도니 이 동방계획은 성공할 수밖에 없을 거라고 확신하면서.

12월 6일 밤에는 한숨도 못 잤다. 자료 흔적을 남기지 않기 위해 수정된 보도자료 내용을 손으로 작성했고, 보도 참고자료도 보안사항을 빼고 가위와 풀로 교묘하게 오려붙여 짜깁기했다. 복사는 각각 80부. 말이 80부지 20쪽이 넘는 분량이라 1,600매 이상을 준비해야 했다. 모든 작업을 완료하고 보니 아침이었다.

12월 7일. 잠은 쏟아지는데 출발시간이 변경됐다고 연락이 온 모양이었다. 당연히 보도자료 상의 출발시간대도 수정해야 했다. 다시 수기(手記)로 작성해 복사하려다가 일과시간에 복사기 앞에서 장시간 서 있다가는 노출이 될 수도 있다는 우려에 그냥 호텔방에서 보도자료 80부를 일일이 칼로 긁어 수정했다. 요즘 보기 드문 원시적인 작업으로, 인형에 눈을 붙이는 작업이 이런 느낌이 아닐까 하는 생각이 들었다.

오후에 NSC 사무원을 호텔 복도에서 만났다. 속도 모르면서 한마디 한다.

"일은 안 하고 어딜 그렇게 쏘다녀요. 너무 심한 것 아닙니까?"

생각하지 못한 문제가 생겼다. 80부씩 복사하다 보니 폐기해야 할 자료가 너무 많이 쌓이는 것이다. 어떻게든 혼자 처리해야 하는데 방법이 없었다. 고심하다 NSC CP에 있는 소형 파지기를 이용하기로 했다. 곧바로 CP로 가 정형곤 박사와 하태역 과장에게 내가 있을 테니 밖에서 여유있게 점심을 먹고 오라고 생색 아닌 생색을 냈다. 일에 찌들려 쓰러지기 직전인 공윤정 사무원에게도 잠시 나가서 파리 시내 산책이라도 하라고 쫓아냈다.

NSC CP 요원들을 다 내보낸 후 파지를 하는데 파지기가 소형이라 금방 가득 찼다. 파지기 함을 아예 열어놓고 파지했다. 30여 분이 지났을까. 세절된 종이가 방 한 구석을 가득 채우며 하얀 산을 하나 만들었다. 호텔 청소아주머니를 불러 쓰레기 봉투를 얻었다. 놀라 쳐다보는 아주머니를 뒤로 하고 파지를 봉투 3개에 꾹꾹 눌러 담았다. 그런 후 진공청소기로 바닥 청소를 부탁했다. 5유로의 팁과 함께.

오늘 저녁은 푹 자야지. 이제 모든 준비는 끝났다고 생각했다. 그런데 저녁 행사를 마친 윤 실장님이 내일 기내에서 쓸 대통령 말씀자료와 교육자료를 같이 만들자고 했다. 곧바로 수기 작업을 시작했다. 이 자료가 대통령 말씀자료로 쓰인다는 생각에 글자 하나하나까지 정성을 기울였다.

저녁 9시쯤 영빈관에서 관련 자료를 가져가라는 전화가 왔다. 조용히 차량을 수배하여 영빈관이란 곳에 들어가게 되었다. 점점 이 일이 재미있어지기 시작했다. 물론 내가 한 일이라고는 경호실장을 만나 서류를 받고 "수고하십시오." 라는 말밖에 없었지만.

새벽 3시 반쯤에야 잠이 들었다. 6시쯤 되었을까. 윤 실장으로부터 연락이 왔다. 영빈관에 다시 갔다 오라고 했다. 허겁지겁 옷을 갈아입고 출근하지 않은 현지 운전기사를 깨워 영빈관으로 향했다. 그래도 어제보다는 제법 여유 있게 행동했다. 안면이 있는 경호실 직원들도 반갑게 맞아주었고, 어제와 달리 음료도 한 잔 따라주었다.

서류를 전달하고 이제는 정말 다 되었구나 생각했다. 그런데 이번에는 대변인의 요청이라면서 수기로 된 보도자료를 컴퓨터로 작성해달라는 것이다. 에구에구. 무슨 일이 이렇게도 꼬리를 물고 일어날까. 또다시 점심시간을 이용하여 작업에 착수했다.

어제처럼 CP요원들을 내보내고 컴퓨터를 이용, 보도자료와 말씀자료 등을 신속하게 작성한 후 출력했다. 증거를 없애기 위해 컴퓨

터에는 저장하지 않았다. 어제처럼 파지를 처리했고, 청소아주머
니에게도 5유로를 건넸다. 핸드캐리어를 자료로 채우고 개인용품
은 쇼핑백에 담았다. 파리에서 폼 내고 입으려던 외출복은 그대로
접혀진 채 보관 장소만 바뀌었다. 모든 준비는 끝났다. 이제는 출발
만 남은 것이다.

프랑스 행사를 모두 마치고 실무수행원들이 공항버스에 몸을 실
었다. 이제 서울로 돌아간다며 기뻐했다. 지켜보면서 안쓰러운 생
각이 들었다. 바로 안 가는데…….

비행기가 이륙한 뒤 윤 실장이 다가와서 조금 후에 신호를 보내
면 관련 서류를 가져다 달라고 했다. 30여 분이 지났을까 대통령이
걸어 나왔다. 계획된 순서대로 대통령의 아르빌행 발표가 있었고
술렁임이 일었다. 앞좌석에 있는 수행원들은 무슨 일이 있는지도
모르고 잠을 자거나 영화를 보고 있다. 윤 실장의 신호와 함께 보도
자료, 보도참고자료 등이 배포되었고 비로소 나의 역할이 끝났다.

쿠웨이트에 도착해서는 또 다른 사람들이 이 계획을 위해 수고하
겠지. 순간 그들은 이유를 알고 떠났을까 아니면 나처럼 현지에 도
착해서 임무를 부여받았을까 하는 궁금증이 일었지만 내 임무가 무
사히 끝난 일이 그저 기쁘기만 했다.

쿠웨이트 공항에서 만난 최차규 대령, 박해윤 국장 모두 너무나 반
가웠다. 뜨거운 동지애를 느끼며, 어려운 임무를 수행하고 있는 그들
이 참 대단해 보였다. 역사는 이렇게 만들어지는가 보다. 어쩌면 철

저히 준비하는 자들이 만드는 것이라는 생각도 든다. 국민들에게 감동과 희망과 용기를 준 '동방계획'에 참여했다는 사실에 긍지를 느낀다. 훗날 할아버지가 되어 아이들에게 자랑스럽게 들려줄 무용담이 생긴 것이다.

날씨도 우리 임무를 아는지

| **대한항공 특별기 기장** 한상길

2004년 11월 28일, 총 12일 여정으로 ASEAN+3(한·중·일)정상회의 및 유럽 3개국을 순방하는 노무현 대통령 일행을 위한 특별기 임무를 성남 공항에서 준비하던 때였다. 청와대 경호실 고위 간부의 호출을 받고 당사의 이종희 총괄사장, 운항관리사 임재성 차장, 그리고 행사 담당 직원과 함께 항공기 내 모처에 모였다.

이 자리에서 대통령의 자이툰 부대 방문이라는 놀라운 사실을 듣게 되었다. 당초 파리에서 서울로 직행하는 비행 계획과는 달리, 파리에서 쿠웨이트까지 대통령 일행 공수를 위한 작전명 '동방계획'이 비밀리에 추진되고 있다고 했다. 새 임무를 듣고나서 우리는 쿠웨이트 임무 실행 직전까지 철저한 보안유지를 위한 서약서를 작성했다.

공군을 떠난 지 십수 년 만에 작전비행에 참여하게 된 나를 비롯한 4명의 조종사들은 막중한 책임에 따른 긴장과 중압감을 마음 깊이 묻고 첫 기착지인 비엔티안을 향해 성남 공항 활주로를 날아올랐다.

ASEAN+3 (한 · 중 · 일)정상회의와 영국, 폴란드 방문을 무사히 마치고 마지막 해외 기착지인 프랑스의 오를리 공항에 착륙한 시간은 12월 5일 낮 12시 30분경이었다. 오를리 공항에 도착할 때까지 쿠웨이트행 비행 추진에 필요한 각종 비행 정보 수집이나 진행 상태 점검을 내놓고 할 수가 없었다.

대통령의 아르빌 방문 시간에 맞추기 위하여 프랑스 출발 시간이 당초보다 4시간 늦춰졌다. 늦춰진 시간 때문에 오를리 공항의 국빈각(國賓閣)을 사용할 수 없어 출발 장소도 샤를 드골 공항으로 변경해야 했다. 출발 전날인 12월 6일, 사전 점검을 위해 공항 관계자들과 회의를 하고 현장 확인까지 마쳤다.

그리고 고심해온 비행계획서 변경 문제를 해결하기 위하여 청와대 경호실 공군연락관에게 '프랑스 주재 한국 대사관 무관에게 사실을 알리고 사전 협조를 요청하는 것이 좋겠다'는 의견을 전달했다. 극소수 공식수행원을 제외한 수행원 대다수는 물론 수행기자단과 현지 대사관 직원도 모르게 항공기를 쿠웨이트로 출발시켜야 했던 터라 공군 연락관도 마침 그 부분에 대해 상당히 고심하고 있었다.

쿠웨이트까지 또 다른 특별 비행 계획이 있음을 알지 못하는 승무원들은 서울로 돌아가는 비행만 남겨 놓은 상태에서 남미순방에 연이은 이번 순방까지 한 달간의 일정을 정리하면서 발걸음도 가볍

게 호텔로 돌아가고 있었다.

대통령 해외순방 특별 비행기는 보통 한 구간 임무를 마칠 때마다 청와대 파견 공군연락관의 주관 아래 운항, 정비, 객실, 통제본부 등 관련 직원들이 모여서 직전에 수행한 비행 임무에 대한 평가와 미비점, 보완 대책, 그리고 차후 임무를 계획하고 논의하게된다.

프랑스 도착 후 회의 도중 12월 7일 파리 출발 공항이 오를리 공항에서 드골 공항으로 바뀌고, 출발 시간도 다소 조정이 있을 것이라는 청와대 파견 공군연락관의 언급이 있을 때까지도 배승훈 부기장은 쿠웨이트 비행 임무를 까맣게 모르고 있었다. 단지 드골 공항은 당사가 정기 취항하는 공항이므로 공항 사정이 눈에 익고 비행지원도 여러 모로 양호하니 출발 공항이 바뀐 것이 번거롭지만 다행이라고 생각하고 있었다.

통상적으로 특별기 운항 시에는 비행시간의 길고 짧음에 관계없이 안전 운항에 만전을 기하기 위하여 운항승무원 비행조를 2세트(기장과 부기장 각 1명이 1세트임)로 편조한다. 즉 총 4명의 조종사가 2인 1조로 비행임무에 투입되는 것이다.

당초 여정인 프랑스 오를리 공항에서 성남까지 비행시간은 대략 10 여 시간으로 총 근무시간은 약 13시간이다. 그런데 변경된 계획에 따르면 오를리 공항에서 드골 공항으로 항공기 이동, 드골 공항에서 쿠웨이트까지 6시간 30분 비행, 쿠웨이트에서 약 8시간 대기,

그리고 쿠웨이트에서 성남 공항까지 9시간 비행, 대략 계산해도 만 하루가 훨씬 넘는 근무시간이었다. 객실승무원들의 고생이 이만저만 아닐 것이 눈에 선했다. 그저 아무 일 없이 무사 귀국만을 바라는 사이 파리의 밤은 깊어가고 있었다.

한편, 배 부기장은 파리 출발 당일인 12월 7일 아침에야 같은 비행 편조 팀장인 나로부터 쿠웨이트 비행계획을 전해 듣고 다소 당황했다. 그러나 전쟁지역을 대통령이 방문하는데 계획이 사전에 노출될 경우, 예상치 못한 사태가 발생할 수도 있기 때문에 어떤 비행보다도 고도의 보안이 필요하다는 점을 공감하고 있었다. 그는 앞으로의 비행 임무 수행에 차질이 발생하지 않도록 항법, 관제기관 통신 절차, 특정 지역 절차에 대해서 꼼꼼하게 검토하고 숙지했다.

드디어 12월 7일이 왔다. 샤를 드골 공항 출발 시각은 오후 8시. 운항승무원들은 오후 5시까지 오를리 공항에서 드골 공항으로의 이동 완료를 위해 12시 정각에 호텔을 출발했다.

변경된 비행계획서가 접수되었다는 연락을 받은 것은 항공기가 드골 공항에 도착하고 승무원들을 한참 동안이나 애타게 한 후였다. 운항승무원들은 조종실에서 항공기 중량에 따른 비행 성능, 비행계획서, 기상 등을 점검한 후에 귀빈 일행이 도착하면 지체 없이 이륙할 수 있도록 프랑스 관제당국으로부터 허가를 받아놓은 터였다.

조종실 좌측 아래로 경찰 선도차의 호위에 따라 귀빈 일행이 탑

승한 리무진이 항공기 쪽으로 접근하는 것이 보였다. 관제기관으로부터 출발 허가와 이륙 우선권을 부여받은 특별기는 파리 현지 시간으로 12월 7일 오후 7시 58분, 활주로로 진입하면서 만일의 사태에 대비하고 지상에서의 불필요한 시간을 줄이기 위해 신속히 이륙한 후 안전고도까지 빠르게 상승했다. 순항고도까지 상승한 후 대통령은 기내 모든 사람들에게 목적지가 쿠웨이트로 변경된 사실을 공표했다. 기수는 서울이 아닌 쿠웨이트로 돌려졌다.

특별기는 프랑스, 독일, 체코, 헝가리 상공을 차례로 통과한 후에 터키, 이란 영공을 거쳐 쿠웨이트로 들어가는 우회항로를 채택했다. 이륙 약 2시간 후 대기하던 다른 비행조와 임무를 교대하고 잠시 휴식을 취했다. 터키 상공에 진입한 후에는 우리 조가 다시 조종석에 앉았다.

항로상의 날씨도 우리의 임무를 아는지 숨을 죽이고 조용했다. 이란 상공에 진입. 3~40분 뒤면 이란 상공을 벗어나 세계 언론에 가장 자주 오르내리는 페르시아 만을 지나 쿠웨이트로 들어가게 된다. 운항승무원들은 혹시라도 쿠웨이트 공항에 착륙하지 못하는 만일의 상황에 대비하여 다시 한번 교체되었다. 비상 공항, 최종 접근로 장애물, 접근 절차 등을 검토했다. 도착 예정 현지 시간 새벽 4시 30분. 날씨-맑음. 바람-순풍. 착륙하기 참 좋은 조건이다.

관제실에서 들려오는 아랍 특유의 영어 발음과 새벽에도 환하게 불을 밝히고 있는 유전지대가 보이자 비로소 여기가 중동이라는 실감이 났다. 특별기가 내릴 공항은 현재 이라크 주둔 미군들이 임차한 알 무바라크 공군기지였다.

쿠웨이트 상공으로 진입하자 쿠웨이트 관제사가 반갑게 특별기를 맞아주었다. 활주로 등화 시설이 시야에 들어왔다. '착륙해도 좋다' 라는 관제사의 승인이 떨어졌다. 나는 마지막 숨을 고르고, 특별기의 역사적인 쿠웨이트 공항 착륙은 고요히 이루어졌다. 흰 모랫바람이 부는 사막에 여명이 비추고 있었다.

무수히 많은 군용기와 군용 차량들, 그리고 군인들이 보이는 쿠웨이트 공항의 모습은 이곳이 전쟁지역이라는 실감을 갖기에 충분했다. 같은 관제 주파수를 듣고 있던 우리 공군의 C-130 수송기 조종사가 라디오를 통해 인사를 전했다.

"수고하셨습니다."

그 한 마디가 그렇게 반가울 수가 없었다. 노대통령과 일부 수행원은 대기하고 있던 공군기로 옮겨 타고 아르빌로 출발했다. 10시간 반이 흐른 뒤 항공기는 비가 쏟아지는 쿠웨이트 공항을 떠나 최종 목적지인 대한민국을 향해 힘차게 이륙했다.

조국을 위해 몸과 마음을 바치고 있는 자이툰 병사들을 위한 행사에 미력한 힘이나마 보탤 수 있어 감사하다. 그간 안데스와 첨성대 임무를 비롯하여 예기치 않은 동방계획까지 무사히 마칠 수 있도록 물심양면으로 지원해준 대외 관계 기관 인사들과 공군연락관, 그리고 대한항공 임직원들에게 깊은 감사를 전한다.

“쿠르드 지역까지 테러 위협이 증가되는 등 극히 위험한 상황인데도 파병 장병들을 격려하기 위해 아르빌을 방문한 한국 대통령님의 용기와 결단이 참 대단하다.”

쿠르드 지방정부 정보/치안 관계관

“자이툰 사단이 매우 중요한 부대라는 사실을 느끼게 되었으며, 한국군과 관련된 업무에 종사한다는 것이 자랑스럽다.”

자이툰부대 현지 고용인

007 영화 속 주인공처럼

대한항공 **특별기 운항관리사** 임재성

대통령의 유럽순방 특별기 임무를 부여받은 이후 완벽한 수행을 위해 하루 종일 눈코 뜰 새 없이 준비했다. 중요한 일을 한다는 사명감에 신중에 신중을 기했다.

안데스 및 첨성대 행사가 연속 진행되었고, 사전답사도 있었기에 이미 10월 14일부터 24일 동안 출장을 다녔다. 시차에 시달린 몸 상태는 말이 아니었으나 정신력으로 이겨내고 있었다. 드디어 출발 2일 전, 모든 운항 준비를 마치고 시험비행만을 남겨 두고 있었다. 이제 집에 가서 짐만 챙기면 되겠구나 생각하면서 사무실을 나설 때 내 자리의 전화가 울렸다.

빨리 집에 가서 쉬고 싶은 마음에 그냥 무시하려다 받게 된 전화 저편에서 들리는 목소리는 청와대특별기 운항 담당자의 것이었다. 이유는 묻지 말고 파리-쿠웨이트, 쿠웨이트-서울 구간의 항로와 비행시간을 계산해서 알려달라고 했다.

쿠웨이트라니. 일정에는 없는 곳이라 무슨 일인가 궁금했지만,

항상 보안유지를 하면서 일해 왔기 때문에 그저 또 무엇인가 있나 보다 여기고 자료를 찾기 시작했다. 이미 퇴근한 직원 2명을 불러서 항로와 비행시간을 계산했다. 1시간 정도 작업한 후 결과를 알려주었다. 그런데 이번에는 파리 출발 시간 변경과 특별기 편명 변경을 위해 필요한 Lead Time을 물어왔다. 보안유지를 강조하였음은 물론이다.

통상 항공기가 서울-유럽 구간을 운항할 때는 영공을 통과하는 각 나라로부터 사전에 영공 통과 허가를 얻도록 되어 있는데 보통 1주일의 시간이 소요된다. 또 대한민국 정부에서 전세 내어 운항하는 특별기는 대한항공의 항공기가 아닌 우리 정부의 항공기로 간주되기 때문에 모든 허가사항은 외교통상부를 거쳐 이루어지고 있다. 따라서 파리 출발 시간 변경이나 영공 통과 허가는 대한항공이 아닌 외교통상부에서 수행해야 하는 사안이었다. 그런데 청와대에서는 작전이 극비로 진행되기 때문에 외교통상부나 프랑스를 포함한 영공 통과 국가들이 사전에 알지 못하도록 정부 주관이 아닌 대한항공 주관으로 변경하는 계획을 수행해 달라고 요청했다.

일단 11월 26일에는 파리-쿠웨이트, 쿠웨이트-서울 사이의 비행시간만 확정한 후에 다음날 있을 특별기 시험비행 준비를 위하여 퇴근했다. 11월 27일에도 시험비행을 위해 김포 공항으로 갔는데, 공항에서 만난 청와대 관계자는 특별기 스케줄 변경 가능성이 있으며, 자세한 사항은 시험비행 종료 후에 알려주겠다고 했다. 전날 상황으로 보아 일의 규모가 어렴풋하게 짐작되긴 했지만, 과연 정말로 그런 일이 벌어질 것인가 하는 궁금증으로 시험비행 내내 머릿속이 복잡하기만 했다.

특별기의 시험비행을 무사히 마친 후 당사 사장과 특별기 임무기장, 특별기 행사 총괄담당 그리고 나는 청와대 경호 부서의 책임자에게서 뜻밖의 이야기를 들었다.

'동방 계획(이것은 후에 들은 작전명이었고 그 당시에는 'K공항 운항 관련'으로 불렸다).' 유럽 방문을 마치고 파리 오를리 공항에서 출발하여 서울에 도착할 예정이던 당초 계획이 파리 오를리 공항–쿠웨이트–서울 공항으로 변경된다는 것이다. 변경 구간의 비행시간은 바로 내가 계산했던 것이었다.

우리는 보안유지에 만전을 기하겠다는 각서까지 작성했다. 특별기가 서울 공항을 이륙한 뒤부터 다른 승객과 승무원들 모르게 비밀을 유지하면서 서로 얘기를 하거나 전화 통화를 할 때에도 각별히 신경을 써야만 했다. 혹시라도 대화나 통화 중에 불쑥 말이 튀어나오는 것을 막기 위해 중요한 지명은 암호를 정해두었다. 오를리 공항은 O공항, 샤를 드골 공항은 C공항, 쿠웨이트는 K공항, 서울 공항은 S공항. 그리고 시간은 아라비아 숫자로 읽으면서 암호/음어를 통해 의사소통을 했다. 마치 007 영화 속에서나 본 듯한 상황이 실제로 연출되고 있었다.

라오스 및 방콕에서의 행사도 무사히 마치고 유럽 방문의 첫 번째 국가인 영국에 도착했을 때 서울에서는 극비리에 이미 파리-쿠웨이트, 쿠웨이트-서울 구간의 영공 통과 허가를 모두 받아놓은 상태였다. 이때만 해도 모든 게 순조로워 보였다.

특별기가 폴란드에 도착하면서 일이 꼬이기 시작했다. 파리에서의 출발 시간이 문제였다. 원래 16시에 파리에서 출발하기로 되어 있었지만 쿠웨이트 도착 시간을 맞추기 위해서는 20시로 지연시켜야 했다. 그런데 그 시간에는 파리 오를리 공항에서는 다른 국가의 VIP 행사가 있어 우리 특별기 출발이 불가능하다는 것이었다. 그때까지 모든 준비는 오를리 공항에서 출발하도록 맞춰져 있었는데 말이다.

나는 청와대 담당자와 함께 매끄러운 행사 진행을 위해 오를리 공항에서의 출발이 관철되도록 노력했으나 결국은 파리 드골 공항에서 20시에 출발하는 것으로 스케줄이 변경되고 말았다. 문제가 복잡해졌다. 각 국가별 영공 통과 허가와 파리의 두 공항 운항 허가를 다시 받아야만 했다. 영공 통과 허가는 출발 공항, 도착 공항 및 운항시간을 명기해서 받는데 출발 공항이 바뀌었으니 다시 받아야 하는 것이다.

그리고 파리에서 특별기를 지원하는 직원들은 그때까지도 특별기가 오를리 공항에서 서울 공항으로 운항하는 것으로 알고 있었는데 갑자기 도착과 출발 공항이 변경되면 직원들 역시 모든 절차를 다시 준비해야 한다. 속이 탔지만 동방계획을 위해서는 해내야 하는 일이었다. 모든 변경 사항을 서울 본사의 허가 담당에게 연락하고 문제의 파리로 향했다.

특별기가 파리에 도착한 다음날, 아침을 먹자마자 특별기 출발 공항인 드골 공항으로 향했다. 드골 공항의 현지 조사 및 출발 절차를 협의하기 위해서였다. 청와대 담당자의 동의 아래 파리 공항 지점장에게 특별기 운항 스케줄이 오를리→서울에서 오를리→드골→쿠웨이트→서울로 변경되었음을 알려주고 필요한 운항 허가를 받는 데 최선을 다해 달라고 요청했다.

지점장의 얼굴이 하얗게 변해버렸다. 뜻밖의 일정에 놀랐음은 물론, 이 모든 일을 순조롭게 진행하기에는 시간이 너무 촉박했으므로. 다행히 우리가 폴란드에서 파리로 움직이는 동안 서울에서 발 빠르게 움직인 덕에 모든 영공 통과 허가를 받았다. 이제 파리의 운항 허가만 남았다. 쿠웨이트 공항의 운항 허가는 그쪽에 파견된 지원팀에서 받아내리라.

드골 공항에서의 회의 도중 공항 담당자가 특별기의 필요 연료량을 물어왔다. 20만 파운드라고 대답하면서 아차 싶었다. 역시 파리 공항에 근무하는 정비사가 예리한 질문을 던졌다. 파리에서 서울 가는 정기 편은 항상 25~30만 파운드를 탑재하는데 특별기는 왜 이리 적냐고 묻는 것이었다. 사실 우리는 쿠웨이트에 들를 예정이므로 중간에 연료를 보충할 수 있기 때문에 그리 많은 연료를 싣지 않아도 되는 터였다. 이유는 묻지 말고 그냥 20만으로 알고 있으라

며 슬쩍 넘어갔다. 다행히 한국어로 물어보았기 때문에 현지인들은
눈치 채지 못한 채 넘어갈 수 있었다.

결국 파리에서의 운항 변경 허가는 대사관 협조 아래 파리 출발
당일에야 받을 수 있었다. 대한민국 정부에서 제출한 운항 스케줄
을 항공사에서 바꿀 수는 없기 때문에 대사관을 경유하게 되었다.
파리 대사관 무관과 청와대 특별기 담당자의 적극적인 노력이 있었
기에 파리 운항 변경 허가가 가능했음은 물론이다. 너무도 애쓴 두
분에게 감사의 인사를 드리고 싶다.

이제 쿠웨이트로 향하는 일만 남았는데 출발일 아침에 또 한 통
의 전화를 받았다. 쿠웨이트 지원 팀장이었다. 보안을 유지하면서
일하다 보니 인력이 없어서 운항 관련 업무를 지원할 수 없으니 모
든 자료를 파리에서 준비해 올 수 없느냐 하는 것이었다. 불가능한
일이다. 특별기의 안전 운항을 위해서는 최신 자료를 가지고 비행
계획을 수립해야 했다.

"쿠웨이트 도착 후 7시간 이상 여유 시간이 있으니 그 동안 내가
준비하겠습니다. 대신 인터넷이 연결된 노트북과 프린터를 지원해
주십시오."

비상사태와도 같은 급박한 상황인데 이것저것 따질 일이 아니었
다.

파리 드골 공항을 이륙한 후 쿠웨이트로 향하는 특별기 안에서
일정 변경에 대한 보고가 있었다. 모든 승무원들의 시선이 나에게

쏠렸다.

"차장님은 알고 있었죠? 언제부터 알고 있었어요? 너무해요!"

특별기와 대통령의 안전을 위한 보안유지를 위해 어쩔 수 없었노라고 털어놓았다. 승무원들은 이제야 비로소 그 동안 이상했던 내 행동들이 이해가 간다는 표정을 지었다. 사실 출발 전 내가 계산한 바로 우리 승무원들은 파리에서 출발해 잠도 못 자고 계속 일하다가 40시간 후에나 각자 집에 도착할 수 있는 스케줄이었기 때문에 틈나는 대로 내가 도울 수 있는 한 승무원들을 도와주곤 했었다. 사정을 몰랐던 승무원들은 나에게 객실 승무원 체질인 것 같다며 전직하는 것이 어떠냐는 농담을 건네기도 했던 것이다.

쿠웨이트 공항에 도착하자마자 운항 준비를 위해 현지지원팀에서 마련한 사무실에 가보니 노트북과 프린터가 기다리고 있었다. 아무런 연고도 없는 이 공항에서 인터넷까지 설치해 놓고 기다려준 현지지원팀의 노고에 눈시울이 뜨거워졌다. 3시간여의 작업 끝에 모든 비행준비 서류를 완성하고 비행기로 돌아왔다.

승객들은 삼삼오오 이야기를 나누거나 식사를 하면서 쉬고 있었다. 그때까지도 우리 승무원들은 그들을 위해 일하고 있었다. 특별기가 운항하는 동안 남겨둔 여분의 서비스 품목과 파리에서 가능한 많이 탑재했던 기내 서비스 품목이 진가를 발휘하고 있었다. 이런 상황을 위해 미리 준비해 둔 사무장님의 노련미가 돋보인 순간이었다.

드디어 쿠웨이트에서 서울로 돌아오는 특별기 안. 모든 탑승객들
이 뿌듯했겠지만 특히 끝까지 웃음을 잃지 않고 승객들을 보살핀
우리 승무원들은 잘 해냈다는 자긍심에 몸은 피곤했어도 마음은 날
아갈 듯 가벼워 보였다.

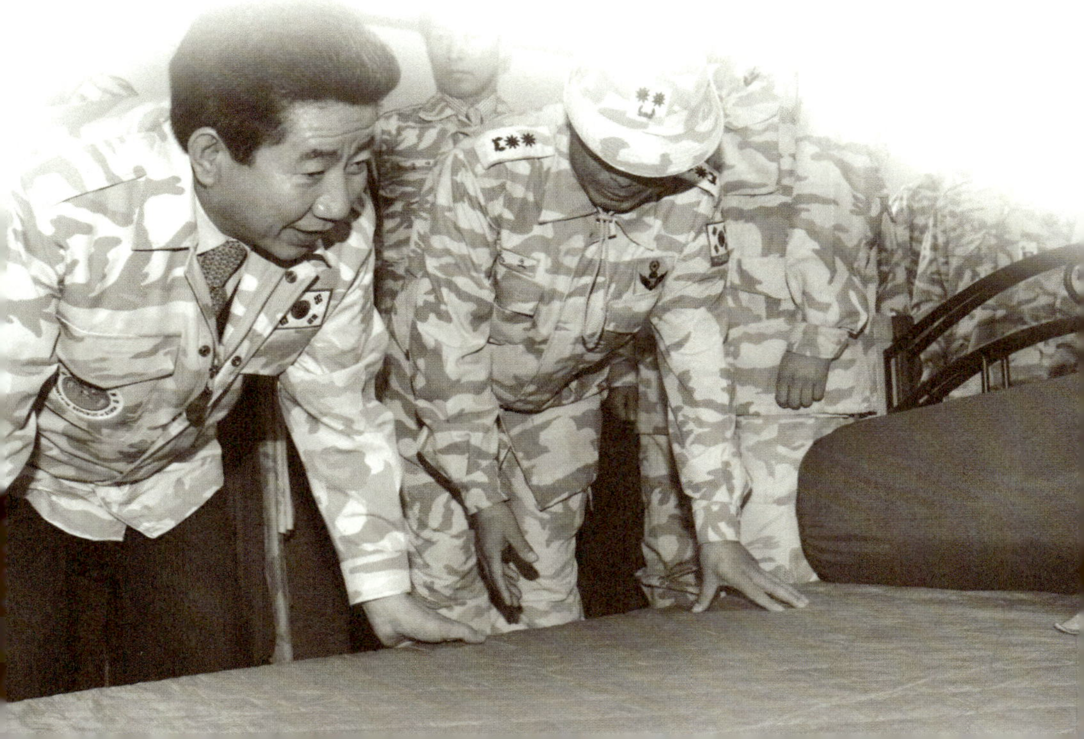

긴박했던 쿠웨이트에서의 5일

| NSC 정책조정실 대령 최차규

대한민국 노무현 대통령을 이라크 아르빌 자이툰 사단으로 극비리에 모셔라!

일명 동방계획으로 명명된 대통령의 이라크 파병 사단 격려계획은 한 편의 치밀한 군사작전이었다. 이번 계획이 사전에 외부로 노출될 경우에는 행사가 전면 취소될 수밖에 없는 특수한 상황이었기에 이번 작전은 시작부터 끝까지 행사와 직접 관련된 극소수의 인원에게만 접근이 허용되었다.

이번 작전에서 나의 임무는 쿠웨이트 현장 상황실장이었다. 내가 동방계획을 처음 알게 된 것은 현장으로 출발하기 하루 전인 2004

년 12월 2일 오후였다. 이미 며칠 전부터 본 작전을 위한 수뇌부의 움직임이 있었지만 그 사실을 전혀 눈치 챌 수 없었다. 그만큼 이번 작전은 초기 계획단계부터 극도의 보안을 유지했던 것이다.

갑자기 회의 참가를 지시받고 그 회의를 통해서 비로소 계획을 인지할 수 있었다.

그날 회의에서는 전반적인 계획을 검토하였고 미확정 사항은 현장에서 해결하는 것으로 결론을 맺었다. 다음날인 12월 3일 새벽 6시까지 서울기지로 출국준비를 해서 나오라는 지시를 받았다. 보안유지를 위해 가족들에게도 알리지 말라는 당부에 따라 미국으로 갑자기 출장을 가게 되었다고 아내에게 둘러대고는 새벽에 집을 나섰다.

서울공항 국빈 행사장 주기장에는 자이툰 사단으로 파병되는 후발대 장병들이 타고 갈 아시아나 747점보기가 벌써 시동을 걸고 있었다. 환송행사가 끝난 뒤였고 장병들은 거의 항공기에 탑승한 후였다. 간단한 출국수속을 끝내고 탑승하여 탑승자 명단을 확인하면서 본 작전을 위한 참가자들의 윤곽을 알게 되었다.

합참 작전본부장이 이 계획을 총지휘를 하고 NSC 외교/국방팀, 홍보수석실 행정관, 경호실 요원, 외교부 직원 등이 각기 부여된 임무를 수행하기로 되어 있었다.

새벽 공기를 가르며 특별기는 가뿐히 이륙했다. 약 9시간여 비행 후 도착한 곳은 쿠웨이트 공항 내 무바라크 공군기지의 미군지역이었다. 트랩을 내려서자 쿠웨이트 대사와 자이툰 작전부사단장 등 낯익은 얼굴들이 마중을 나와 있었다. 간단히 인사를 끝내고 우리 일행은 기지 내 미군지역에 들러 향후 일정을 논의했다.

이어 숙소로 가 바로 작전본부장 주재로 현지 조정회의를 실시했다. 회의에는 NSC, 외교부, 비서실, 경호실 관계관 및 자이툰 작전부사단장, 쿠웨이트 무관, 대한항공 두바이 지점장 등 전 행사 참가 요원들이 참석했고 동방계획의 성공적인 시행을 위한 현지 첫 회의는 진지하게 진행되었다.

이어서 결정해야할 사항이 현지에 간이 프레스센터를 만드는 일이었다. 쿠웨이트 대사의 조언에 따라 공항에 인접한 프라자 호텔 비즈니스센터로 결정하고, 당일 숙소는 포 포인트 호텔로 하기로 했다. 공항에서 호텔로 향하는 길에 프라자 호텔에 들러 행사 당일 사용할 장소를 확인하고 예약했다.

출국 전에 마스터 플랜은 수립되었지만 현지 사정이 확인되지 않아 미확정 상태인 사안이 많았다. 특히 영공 진입 허가 및 착륙 허가 문제 등은 며칠 후에나 그 결과를 알 수 있는 상황이었고 현지 쿠웨이트 무바라크 공항 사용 가능 여부도 불확실한 상태였다. 1차 회의에서는 본 작전 수행 중 예상되는 문제점들을 도출하고 해결방안 마련을 위한 토의를 했다. 호텔에서 간단한 저녁식사를 마치고 2차 회의를 실시했다. 2차 회의에서는 도출된 문제점들을 해결하기 위해 각 팀별로 임무를 분담했다.

밤이 깊어서야 회의가 끝났다. D-5일, 앞으로 5일 후에 있을 중차대한 행사를 성공적으로 수행해야 한다는 책임감에 쿠웨이트에서의 첫날밤은 쉬이 잠들 수가 없었다.

D-4일, 아침식사를 끝내고 임무를 수행하기 위해 전 요원이 세 팀으로 나뉘었다. 작전본부장, 황 장군, 경호처장 외 대다수 경호관들은 알리 알 살렘 공항에서 우리 공군 58항공수송단 C-130 수송기 편으로 아르빌로 들어가 현지에서의 임무를 수행하기로 했다. NSC 박 국장, 외교부 손 공사, 홍보수석실 박 과장은 프라자호텔에 상주하면서 외교 현안 해결과 당일 프레스센터 관련 임무를 위한 준비에 들어갔다. 나는 쿠웨이트 경호팀장을 비롯한 경호요원들과 함께 58항공수송단에 CP를 정했다. 그리고 아르빌 지역과 수시로 연락을 취하면서 지금부터 대통령이 아르빌 현지를 무사히 방문하고 다시 우리 특별기로 환승 후 이곳 쿠웨이트 국제공항을 안전하게 이륙할 때까지의 세부 행동계획을 작성하기 시작했다. 계획서는 보안유지를 위해 '병력수송계획' 으로 이름을 붙였다.

D-3일, 우선 무바라크 공항 사용 문제를 해결하기 위해 쿠웨이트 무관을 비롯해 쿠웨이트 현지 담당자들과 함께 미 공군 책임장교와 실무 협조회의를 가졌다. 보안상 대한민국 대통령 방문 행사라는 사실을 숨기면서 공항 사용 협조를 얻기가 쉽지 않았다. 게다가 우리 행사 당일에 미국 측에서도 럼스펠트 국방장관 방문행사가 있어 주기장 사용 우선권을 주기는 어렵다는 말을 들었다. 답답한

일이었다.

그러나 포기할 수는 없는 일. 쿠웨이트 무관의 끈질긴 설득과 협조 요청으로 일단 행사 당일 주기장 사용과 항공기 지상 대기 중에 필요한 후방지원을 해주겠다는 미군 측의 약속을 받아냈다. 얼마나 다행스러웠는지 모른다.

이어 대통령의 아르빌 현지 방문 시간 동안 제2부속실용으로 필요한 쿠웨이트 국제공항 지역의 에어포트 호텔도 확보했다. 경호실 요원들과 함께 주기장, 호텔 현장을 둘러보고 당일 동선도 일일이 확인했다. 경호실 요원들은 CP로 귀환하는 길에 만일의 사태에 대비하여 긴급 후송병원 위치까지 확인하는 등 빈틈없이 사전 준비를 진행했다.

D-2일, 현지 외교 대책 및 영상자료 송출 임무를 지원하기 위해 외교부 정책실장, KBS 지원요원 2명이 추가로 쿠웨이트에 합류했다.

한편 자이툰 사단 현장 지휘를 위해 아르빌로 떠났던 합참 작전본부장이 복귀함에 따라 오후 2시부터 알리 알 살렘 기지 58항공수송단에서 전체 대책회의를 열었다. 회의는 작전본부장 주재로 대사를 비롯하여 쿠웨이트 현지에서 임무를 수행하는 전 분야 요원들이 참석했다. 세부계획에 대한 발표 후 논의가 진행되었다. 이틀 뒤로 다가온 행사를 위해 확정된 사항은 최종 행동지침으로 채택하고, 기타 쿠웨이트 및 미군 당국과 협조 후 결정될 사안은 결과가 나올 때까지 기다린 후 행동지침을 정하기로 했다.

회의를 마친 후 작전본부장은 직접 무바라크 기지 행사 현장을 시찰하고 당일 새벽 미군 DB라운지를 임시 CP로 사용하는 일을 미군 측과 협의했다. 이역만리 타국에서 적극적인 협조를 아끼지 않았던 미군 미첼 중령과 주 쿠웨이트 무관 김 대령의 노력에 진심으로 감사를 전하고 싶다. 한·미동맹의 중요성을 다시금 실감한 계기였다.

D-1일, 새벽 4시 30분부터 사전훈련을 하기로 계획했으나 작전본부장 지시로 각 분야 책임자들이 현장 확인하기로 하고 사전훈련은 생략했다.

행사 전 마지막 하루, 오늘의 준비가 행사 성패를 가름한다는 각오로 각 분야별 책임자들에게 최종계획을 전달하고 차량 운행 계획, 소요물품 준비 상태 등을 점검했다.

아르빌 현장에 들어갈 사람들에게 제공할 사막복, 방탄복, 철모 등을 준비해 항공기에 비치하고, 홍보수석실 박 과장은 지원 나온 파병부대 장병들과 함께 프레스센터에 필요한 인터넷망을 설치했다. 영상송출을 위한 쿠웨이트 공영 방송사와의 협조 상태를 재확인하고 외교적 차원에서의 조치사항도 꼼꼼히 재점검했다.

오후에는 대한항공 두바이 지사장으로부터 쿠웨이트 항공청에서 영공 진입 및 착륙 인가가 났다는 연락이 왔다. 다시 한번 성공 예감이 드는 순간이었다.

D-DAY 새벽 1시, 모닝콜 전화벨이 요란하게 울렸다. 오늘을 위해 전 요원들이 얼마나 열심히 준비하고 노력했던가! 행사 준비물을 챙겨서 무바라크 미군 기지 정문으로 향했다. 새벽 2시, 행사 투입 인원들과 차량들이 경광등을 켜고 어김없이 집결해 있었다. 기지 외곽 경비등이 있었지만 주위는 칠흑같은 어둠이었다. 특별기 주기 예정 장소 옆 공터에 차량과 인원을 집결시키고 지휘부는 CP로 사용하기로 한 미군 DB라운지로 이동했다.

미 공군 책임장교 미첼 중령도 벌써 나와 있었다. 그는 어젯밤 미 중부사령부로부터 오늘 행사를 최우선으로 지원하라는 지침을 받았다고 하면서 미국 측 귀빈용으로 예약된 장소에 우리 특별기를 주기하도록 배려했다.

CP에 도착해 우선 무바라크 기지 및 알리 알 살렘, 아르빌 현지 기상상태를 점검했다. 약 3킬로미터 상공에 구름이 다소 끼었지만 비행에는 지장이 없을 것으로 판단되었다. 다만 걱정되는 것은 행사가 끝나는 시간 즈음 비가 올 수도 있다는 예보였다.

새벽 3시경에는 알리 알 살렘 기지를 이륙한 58항공수송단의 C-130 수송기 3대가 수송단장의 공중 지휘 아래 경쾌한 프로펠러 소리를 내면서 예정대로 무바라크 기지로 왔다. 특별기도 계획된 시간에 정상적으로 파리를 이륙했다는 연락이다. 이제 무사히 안착하기만을 기다리면 되었다.

새벽 3시 30분, 특별기 도착 30분 전. 지휘부를 위시한 전 행사

요원들이 현장으로 나가서 대기했다. 아직도 주위는 어둠이 걷히지 않았다. 드디어 저 멀리 유도로를 따라 꼬리날개에 태극마크도 선명한 특별기가 모습을 드러냈다. 이 순간을 얼마나 기다렸던가! 계획된 시간에서 1분도 틀림없이 주기장에 특별기가 정지했다.

트랩이 설치되고 출입문이 열렸다. 대사와 작전본부장 등이 영접 및 보고를 위해 기내로 들어갔다. 그 사이에 뒷문이 개방되고 아르빌 현지로 들어갈 수행원과 취재기자들이 내려 C-130 수송기로 신속히 갈아탔다. 약 10분 후 대통령이 트랩을 내려오는 모습이 보였다.

나를 위시하여 행사준비를 위해 노력했던 모든 사람들이 느꼈던 그 순간의 감회는 아마 감격 그 자체였으리라 믿어 의심치 않는다. 우리 노력의 결실로 '대통령님을 여기까지 모시게 되었구나' 하는 자부심과 긍지에 가슴 찡해오는 그 기쁨은 정말 말로 표현하기 어려웠다.

2대의 수송기가 활주로를 박차고 오르자 이제 무사히 자이툰 부대방문을 마치고 오길 빌면서, 특별기에서 8시간 동안 하염없이 기다려야 할 수행원들과 기자들을 위한 위로작전에 돌입했다. 기내에 오르자 거의 낯익은 얼굴들이었다. 며칠 전에 파리로 업무 연락차 떠났던 같은 사무실의 최 과장을 비롯해 만나는 사람들마다 이 사람이 어떻게 쿠웨이트에서 이 비행기에 올라왔나 하는 의아한 표정들이었다.

특별기 옆에 준비한 대형버스에 다과류를 마련하고 흡연도 할 수 있도록 준비해 두었다. 그나마 항공기에서 버스까지 오가면서 바깥바람을 쐴 수 있도록 한 것이 행사 종료까지 대기하는 데 많은 도움이 되었던 것 같다.

CP에서 확인한 자이툰 부대 쪽 일정도 계획대로 잘 진행되고 있었다. 계획보다 조금 늦게 아르빌 공항을 이륙했다는 연락이 왔다. 아직까지 기상은 괜찮다.

아르빌 이륙 후 2시간, C-130 수송기가 공항 상공에 모습을 나타냈다. 비행기가 활주로에 착륙한 직후 갑자기 모래바람이 불어왔다. 눈을 뜰 수가 없었다. 말로만 듣던 사막지방의 모래바람이었다. 약 5분도 안 되는 짧은 시간이었지만 항공기 착륙 단계에서는 상당히 위험할 수도 있는 상황이었다.

대통령과 수행원들이 수송기에서 특별기로 갈아탄 뒤 취재기사 송고 및 영상송출 작전이 시작되었다. 기자들을 태운 대형버스는 군용 차량의 호위를 받으면서 미리 준비된 프라자호텔 프레스센터로 향했다. 기사 송고를 위한 시간은 충분하지 않았다. 시간이 부족하다는 기자들의 애절한 호소에도 불구하고 빨리 끝내달라고 재촉했던 일이 미안하기도 하다.

버스가 공항을 빠져 나오면서부터 내리기 시작한 소나기는 갈수록 빗줄기가 굵어져 공항으로 복귀할 때쯤에는 도로가 침수될 정도로 퍼부었다. 이 비가 조금이라도 빨리 내리기 시작했더라면 오늘 행사가 이처럼 매끈하게 진행될 수 있었을까. 지성이면 감천이라는

말이 있듯이 우리 모두의 마음이 통해서 날씨도 우리를 도운 것이 아닐까 하는 생각이 들었다.

기사 송고를 끝내고 공항으로 향하는 버스에서 NSC 사무차장에게 임무종료를 보고했다.

"최 대령, 수고 많았어요, 귀국해서 봅시다."

기사 송고를 끝낸 일행이 특별기에 탑승하자 항공기는 즉시 움직이기 시작했다. 굵어진 빗방울들이 비행기 창을 세차게 두드려댔다. 비행기는 곧 짙은 구름 속으로 진입했다.

이번 행사를 위해 같이 일했던 사람들의 모습이 하나둘 떠올랐다. 주쿠웨이트 대사, 공사 참사관, 헌신적으로 도와준 무관 김 대령, 58항공수송단 장병들, 자이툰 후방 지원대 장병들, 미 공군 미첼 중령 그리고 작전본부장을 위시하여 행사를 위해 같이 출국했던 사람들, 진심으로 존경과 사랑을 보낸다.

미국대사도 놀라 극찬한 동방계획

| **주 쿠웨이트 대사 (현 주 제네바 차석대사)** 박인국

쿠웨이트의 여름은 50도를 예사로 넘어서곤 하지만 겨울은 우리의 화창한 늦봄 날씨여서 비교적 지내기 좋은 계절이다. 그 동안 이라크로 파병되는 우리 군이 모두 쿠웨이트를 거쳐 전개되는 바람에 그럴 듯한 휴가도 가지 못하고 정신없이 지낸 터였고, 며칠 전에는 파병기간 연장 문제 검토를 위한 국회 현지조사단이 방문하고 난 후여서 이제는 한시름 놓고 모처럼 휴가계획을 세울까 하던 참이었다.

휴일인 12월 3일 아침 난데없이 걸려온 한 통의 전화는 이런 분위기를 완전히 뒤엎었다. 전화를 걸어온 사람은 본부 아중동 국장으로 내정된 손세주 공사였다. 쿠웨이트의 한 호텔에 투숙중이라며 아무에게도 알리지 말고 바로 호텔로 와달라는 내용이었다.

본부직원이 출장을 온다면 사전 통보를 하게 마련인데 난데없이 나타나 호텔로 오라니. 혹시 누가 투서를 해 암행감사나 사실조사 차 왔나 아니면 이라크 사태와 관련한 긴급 인사 협의가 있나 등 별

추측을 다 하며 호텔로 향했다.

내가 들어서자 손 공사와 청와대 NSC 박해윤 국장은 바로 대통령의 아르빌 방문 계획을 설명했는데 방문이 닷새 뒤인 8일로 예정되어 있다는 말에 경악을 금치 못했다.

손 공사는 세 가지 사항을 요청했다. 첫째, 대통령 방문이라는 사실을 극비에 부친 채 주재국으로부터 점보 747 전용기의 쿠웨이트 공군기지 착륙 허가를 1~2일 내에 받아낼 것, 둘째, 방문 직후 아르빌 출발 시간에 맞추어 주재국 정부에 경유 방문 사실을 통보할 수 있도록 조치할 것, 세째, 대통령의 아르빌 방문에 대한 TV 영상물과 기사가 적시에 송출될 수 있도록 조치할 것 등이었다.

손 공사는 이 사안은 절대 보안이 요구되는 만큼 대사관 직원에게도 알려서는 안 된다고 했다. 만에 하나라도 이번 행사가 사전 누출될 경우 행사는 자동 취소되어 대통령 전세기는 파리에서 바로 서울로 돌아가고 책임자에 대한 엄중한 문책이 따를 것임을 강조했다.

보안유지의 필요성을 강조하는 손 공사에게 묵고 있는 호텔 1층에는 쿠웨이트에 단 하나밖에 없는 한국식당이 있으므로 보안유지를 위해서 우선 호텔부터 옮기는 것이 좋겠다고 권유했다. 손 공사는 대사관에 알리지 않고 인터넷을 통해 호텔을 예약하다보니 한국식당이 있는지 몰랐다면서 부랴부랴 교민들의 출입이 적은 공항 인근의 호텔로 옮겼다.

돌아오는 차 안에서 손 공사가 요구한 세 가지 사항을 어떻게 처리할까 고민을 거듭했는데 어느 한 가지도 만만한 것이 없었다. 우선 항공기의 착륙 허가를 획득하는 일인데, 주재국에 충분한 설명도 없이 군비행장에 747 점보 항공기의 이착륙 허가를 받아내는 것이 과연 가능하겠는가.

다행히도 주재국과는 2년 전 SOFA 협정을 체결했기 때문에 항공기 착륙 경위를 이라크 파병 잔여 병력 및 물자의 수송 때문인 것으로 설명하기로 했다. 만약의 경우에는 대통령이 국군의 최고 통수권자이기 때문에 SOFA 협정에 의한 입국 자격이 충분하다고 강변할 수 있다는 복안이 서면서 해결의 기미가 보이기 시작했다. 그런데 왜 서울에서 오지 않고 파리에서 오느냐를 설명하는 것도 또 다른 고민거리로 남기는 했지만.

주재국 통보 문제는 겉보기에 간단해 보여도 더 자신 없는 사안이었다. 이유가 무엇이든 우리 대통령이 주재국 영토에 들어오는 것이므로 주재국과의 사전 협의가 필수적이다. 일단 주재국 외교부에는 우리 특사가 대통령 친서를 휴대하여 방문할 예정임을 알리고 외교장관의 예방을 신청하기로 했다. 그런데 바로 여기에 중동지역에서 근무하는 외교관들의 공통된 애로사항이 있다.

아랍사람들은 미리 시간을 잡아주지 않는 것으로 유명하다. 며칠 지나 간신히 시간이 잡혔는데 대통령의 아르빌 방문이 예정되어 있던 12월 8일 오전 9시 30분으로 하자고 한다. 미리 시간을 잡아주어 고맙긴 했지만 예정대로라면 그 시간은 대통령 일행이 아르빌을 떠나 안전한 상공지대에 도달하기 이전 시간이므로 10시 이후로 재조정해 줄 것을 요청했다. 다행히 오전 10시 30분으로 예방 시간이 다시 잡혔다.

그러나 주재국 관행상 마지막 순간에 일정이 변경될 가능성을 배제할 수 없었다. 만일 면담시간이 연기되어 주재국에 대한 통보가 늦어진다면 우리 대통령이 주재국의 사전 동의가 없는 상황에서 입국한 것이 되므로 심각한 외교결례가 되어 두고두고 문제가 될 여지가 있었다. 만일의 경우를 대비, 외교부 의전장의 휴대전화 번호를 수첩에 따로 적어 가지고 다니면서 여차하면 유선상으로 먼저 우리 대통령의 방문 사실을 알리는 방안을 예비해 두었다.

다음 문제는 아르빌에서 찍은 영상물 송출과 수행기자단의 기사를 송고하는 일이다. 영상물 송출을 위해서는 주재국 국영 TV 방송사를 접촉해야 하고, 수행 기자단의 기사 송고를 위해서는 팩스와 인터넷망 등 관련 시설을 확보해야만 했다.

이 모든 일들을 혼자 추진해 나가는 일, 특히 직원들 몰래 직접 전화를 걸고 사람을 찾아다니는 일은 보통 힘든 게 아니었다. 무엇보다도 시간적인 제약이 가장 큰 난제였다. 그래서 현장에 나와 있는 합참 김관진 작전본부장과 협의하여 추가 행사 요원으로 대사관 차석인 설경훈 공사참사관을 D-3일 시점에 투입하기로 했다. 직원 한 사람의 힘이 이렇게 큰 줄 그때 더욱 실감했다.

행사 마지막 순간까지 가장 걱정스러웠던 일은 보안유지였다. 쿠웨이트는 인구 대다수가 쿠웨이트 시에 밀집하여 살고 있는 도시국가에 가깝다. 이런 좁은 국가에서 갑자기 수십 명의 낯선 한국 사람들이 오가는 모습이 교민들 눈에 띄지 않기를 기대하는 것은 무리였다. 그러나 보안유지가 안 되어 대통령의 역사적인 방문이 수포로 돌아간다면 해당 공관장으로서 여간 수치스러운 일이 아닐 수 없었다.

설 공사를 제외한 나머지 직원들에게도 대통령이 도착하기 전날 퇴근 무렵에야 아주 중요한 행사가 있을 예정이라는 정도만 알리고 그나마 함구령을 내렸다. 행사에서 배제된 직원들은 섭섭한 눈치였지만 만약의 경우 직원 보호를 위해서라도 어쩔 수 없는 조치였다.

12월 7일 새벽 1시 30분. 행사 요원들은 각각 편성된 차량을 이용해 무바라크 공군기지로 향했다. 보안 문제 때문에 행사 예행연습도 행사 당일 새벽 4시 30분 본대 도착 직전에 현장에서 실시하기로 했기 때문이다. 새벽 2시경 칠흙 같은 공군기지에 도착한 후 예행 연습을 순조롭게 끝냈다. 팽팽한 긴장 속에 시간은 흘렀다.

새벽 4시 30분경 드디어 대통령 일행을 실은 특별기가 쿠웨이트 알 무바라크 공군 공항에 내려앉았다. 대통령 일행은 바로 공항에 대기 중이던 우리 군수송기로 환승하여 아르빌로 향했다.

대통령이 아르빌을 방문하고 다시 쿠웨이트 공군기지로 돌아올 때까지 여사님은 쿠웨이트 공군기지에서 대기해야 했다. 공항 밖으

로 나갈 수 없었기 때문에 기지 내에 있는 간이 호텔의 조그만 방에서 조찬을 들었는데 아마도 대통령 내외분 해외순방 중 가장 초라한 조찬이었을 것이라 지금도 죄송한 마음이다.

장관 특사로 당지를 방문 중이던 이선진 외교정책실장은 10시 30분경 외교부 장관대리를 만나 대통령 방문 사실을 통보하기로 되어 있었으나, 걱정한 대로 약속 시간이 11시 30분으로 연기되었다. 공교롭게도 같은 날 럼스펠드 미 국방장관이 쿠웨이트를 방문하고 있어 관련 행사에 참석해야 한다는 설명이었다.

시간이 너무 지연될 경우 통보의 의미가 상실될 것을 우려한 나는 대통령이 아르빌 행사를 마치고 위험지역 상공을 지나가는 시점에 맞추어 쿠웨이트 외교부 의전장에게 휴대전화로 대통령 경유 방문 사실을 알렸다. 의전장은 깜짝 놀라면서 공항으로 의전요원을 보내 지원할 필요가 있는지를 물었고, 이어 '이번에는 급하게 오셨다 가시지만 정식으로 쿠웨이트를 꼭 방문해 달라' 는 부탁을 잊지 않았다. 일단 의전장에게 통보하고 이해를 구했으니 기본적인 예의는 갖춘 셈이었다.

이제 남은 것은 기자단 일정인데, 아르빌에서 귀환한 기자단 가운데 한 팀은 주재국 국영방송사로 달려가 TV 영상물을 송출하고 다른 팀은 프레스룸이 설치된 공항 인근의 호텔로 달려가 기사를 송고했다. 공군기지에서 떠나 송고 작업을 다 끝내고 귀환하는 데 불과 2시간이 채 걸리지 않은 신속한 움직임이었다. 물론 그 과정에서 시간을 더 확보하려는 기자단과의 갈등이 없지는 않았지만 예정된 시간에 대통령 일행을 실은 특별기가 쿠웨이트 상공으로 날아오르는 모습을 볼 수 있게 되었다.

며칠 후 만난 미국대사도 성공적인 기습 방문에 극찬을 아끼지 않았다. 부시 대통령이 전용기로 바그다드를 기습 방문한 적은 있지만 이번처럼 이라크를 다녀오기 위해 제3국에서 두 번이나 기착해야 하는 복잡한 과정을 거치는 기습 방문은 보안유지 차원에서 상상도 할 수 없는 일이라고 했다. 편린이긴 하지만 뻗어가고 있는 국력의 단면을 보여준 쾌거였다.

아무도 지난 겨울 내가 한 일을 몰랐다

외교통상부 아중동국장 손세주

2004년 11월 26일, 동방계획을 통보받는 순간 모든 것이 일시 정지 되는 듯했다. 이라크에서 막 귀국하여 현지의 긴박감이 아직 내 몸에 고스란히 남아 있는데 여전히 치안이 불안한 이라크를 방문한다는 계획에 대통령의 안전과 국가 안위가 걱정되지 않을 수 없었다.

오무전기 직원 피습 사건 당시 현장 확인을 위해 교전 중인 지역으로 미군 헬기를 타고 가야 했을 때보다 몇 곱절이나 더하는 긴장감이 엄습했다. 외부는 물론이요 외교부 내에서도 극비리 진행되어야 하는 행사로 그 성공 여부는 철저한 보안유지에 있다는 생각만이 머릿속을 맴돌고 있었다.

나는 당시 본부 대사 3명과 함께 사무실을 사용하고 있었는데 여느 때와 다름없이 자연스럽게 행동함으로써 나로 인한 아주 사소한 유추조차도 차단해야 했다. 신문 보는 척하거나 대사들과 담소도 나누는 등 여유 있는 모습을 보이면서도 머릿속은 온통 행사에 관련된 것뿐이었다. 외교부 내 행사준비 협의도 외교정책실 직원들의 눈을 피해 횟수도 최소화해야 했으며, 외교적 측면에서의 문제점과 대응 방안을 검토해야 하는 실무자로서의 책임감에 어깨가 무거웠다.

행사 진행의 첫 단계는 경유국 선정이었고, 통상적으로 국가 정상 방문은 방문국에 꼭 통보해야 하는 외교적 문제를 어떻게 풀 것인가가 관건이었다. 경유국은 우리 군대 기지가 있는 쿠웨이트로 정했다. 이에 따라 쿠웨이트와 이라크 정부에 사전 통보해야 하는 것이 순서였다. 그러나 현지 치안 상황 및 전격적인 방문의 성격상 보안유지가 절실했으므로 행사 종료시점에 통보할 수밖에 없었다. 이렇게 평범하지 않은 상황을 외교적으로 어떻게 무마할 것인지 그리고 쿠웨이트 주재 대사에게 동방계획을 어떻게 알려 준비하게 할 것인지가 가장 민감한 문제였다.

결국 행사 종료 시점에 쿠웨이트에는 이선진 정책실장이 외무장관을 면담하여 대통령 친서를 전달하고, 이라크에는 주이라크 대사가 외무장관에게 친서를 전달하기로 했다. 박인국 주쿠웨이트 대사에게는 내가 선발대로 가서 동방계획을 은밀히 통보하기로 했다.

마침 자이툰 부대 병력 교체를 위한 전세기 편으로 김관진 합참 작전본부장 일행이 동방계획 행사 현지 준비를 위해 12월 2일 쿠웨이트로 가는 길에 나도 함께 가기로 했다. 그런데 쿠웨이트 대사관

에서는 서울에서 교대 병력이 올 때 무바라크 공항에 대사 이하 직원들이 모두 나와 영접 한다는 사실이 떠올랐다. 군인이 아닌 내가 갑자기 나타나면 대사관 직원들이 이상하게 여길 것이 분명했다. 계획을 변경해야 했다. 나는 별도 민항기 편으로 가기로 결정, 민간인처럼 직접 여행사에 가서 비행기 표와 호텔을 예약했다.

일이 진행되면서 남은 문제는 사무실을 일주일 정도 비워야 하는 것이었다. 함께 근무하는 동료들의 의혹을 사지 않기 위해 서울에서 건강하게 지내는 '모친이 몹시 편찮으시다' 는 핑계로 휴가 신청을 하고 쿠웨이트로 향했다.

12월 3일 쿠웨이트에 도착하여 호텔에 체크인을 하자마자 주쿠웨이트 대사 휴대전화로 전화를 걸었다. 옆에 누가 없는지 확인한 후 내 이름을 밝히고 '긴히 할 얘기가 있으니 혼자 호텔로 오라' 고 요청했다. 호텔에서 만나 동방계획을 통보하고, 그 동안 면밀히 검토해 왔던 행사계획을 현지 사정에 밝은 대사와 함께 실행했다.

12월 6일 이선진 실장이 쿠웨이트에 도착했고 행사장인 무바라크 공항으로 답사 가는 도중 대통령을 수행 중인 반기문 장관으로부터 전화가 왔다. 임홍재 주이라크 대사가 장관에게 전화를 걸어 '동방계획' 에 관해 언급하면서 자신도 대통령의 아르빌 방문 시 수행하는지 문의해 왔다는 것이다.

당초에는 임홍재 대사도 포함되었으나 방문국 주재 대사로서 대통령의 방문을 친서를 통해 주재국에 알리는 임무를 수행하기 위해 바그다드에 머무는 것으로 결정되었다. 임 대사가 이미 알고 있어 보안이 새지 않았을까 하는 불안한 마음으로 전화를 했다. 극비 채널을 통해 혼자만 알고 있다고 하여 다소 안심하기는 했지만 보안을 재차 당부하고 행사 당일 오전 주재국 외무장관 면담을 신청해 놓도록 요청했다.

나중에 알고보니 임 대사가 이임 예방차 미국 대사를 만나는 과정에서 미국 대사가 '중요한 행사' 준비에 관해 언급했다고 한다. 대통령 수준의 행사임을 직감하고 자신도 알고 있는 것처럼 받아넘겼는데 속으로는 무척 섭섭했었다고 한다. 하지만 미국 쪽에는 경호 엄호를 지원받기 위해 사전에 알릴 수밖에 없었음을 이해했으리라.

12월 7일 밤. 눈을 붙이면 깜박 잠이 들까봐 뜬 눈으로 기다리다가 대통령 전세기의 쿠웨이트 도착 2시간 30분 전인 새벽 2시에 호텔을 나서 무바라크 공항으로 향했다. 그 동안 철저한 보안 속에서 준비해온 행사가 열리는 순간이 점점 다가오고 있었다. 함께 한 동료들 얼굴에서는 결연한 의지, 감출 수 없는 감동과 설렘을 볼 수 있었다. 사막의 싸늘한 새벽 공기를 가르며 달려간 공항에서 우리 군용기와 함께 일사분란하게 움직이는 우리 장병들을 보자 동방계획이 성공적으로 이루어질 것임을 온몸으로 실감할 수 있었다.

대통령의 아르빌 방문이 무사히 끝났다. 국민들에게는 신뢰가, 우리 장병들에게는 더없는 용기와 힘이 전달된 이 행사에 동참할

수 있어서 크나큰 긍지와 보람을 느낀다. 귀국하여 사무실에 나갔
더니 사무실 본부 대사들이 모친 병환은 괜찮은지 물어왔다. 염려
덕분이라고 대답하는 내 얼굴에 빙그레 미소가 번졌다.

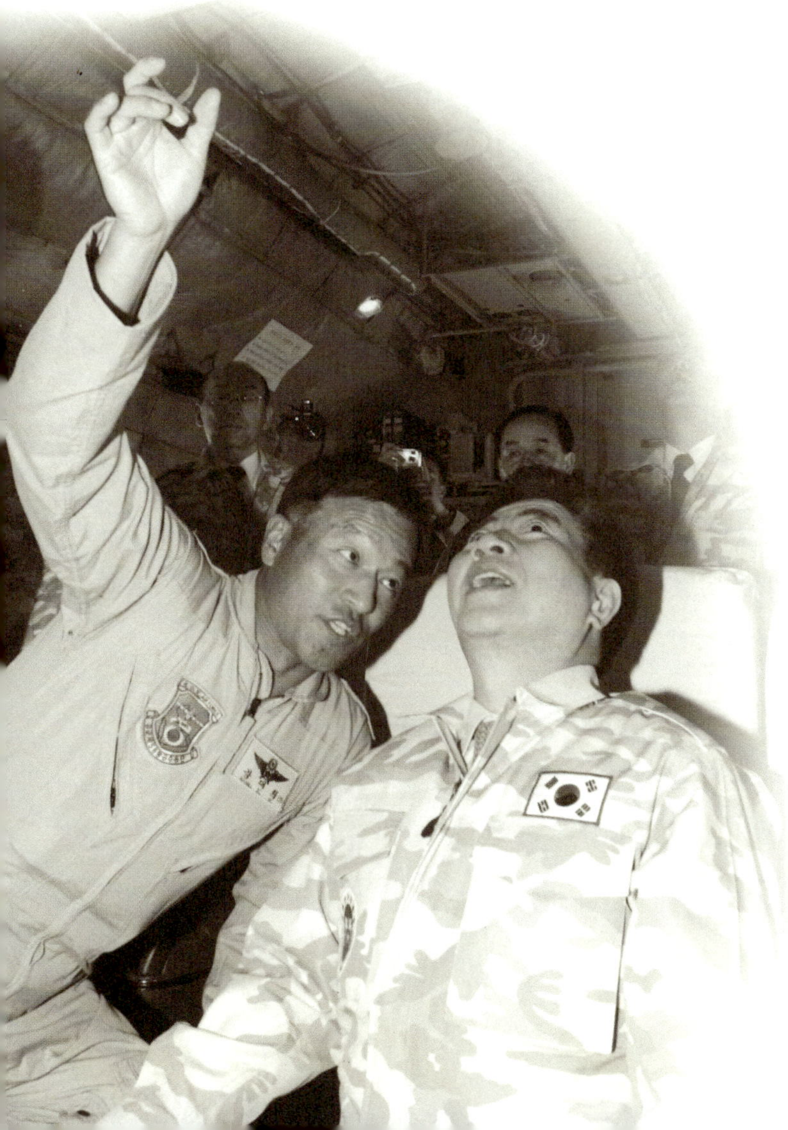

스텝카부터 드라이아이스까지

대한항공 쿠웨이트 출장 운송담당 노성재

특별기가 성남을 떠난 지 닷새가 지난 2004년 12월 2일 저녁, 특별기 전담부서 담당 부서장의 호출을 받았다. 내일 두바이로 출장을 준비할 것. 목적은 알 필요 없으며, 현지에 도착 후 지점장과 같이 행동할 것. 그리고 앞에 내밀어진 서약서 두 장이 동방계획에서 내게 맡겨진 첫 임무였다.

일주일 넘는 출장을 위해 혼자 짐을 꾸리는데 여러 생각이 꼬리를 물었다. 회사에서 어떤 임무를 주었다면 나에 대한 역량을 믿고 맡긴 것이리라. 답 없는 의문을 떨치고 단순한 결론을 내리며 세면도구를 챙겨 넣었다. 아내에게는 최근 취항한 공항에 직원교육 출장 건이 생겨 갑자기 가게 되었다고 둘러댔다.

인천 공항에서 후배인 출장자 한 명과 합류하여 영문도 모르고 두바이행 항공기에 몸을 실었다. 같은 업무를 수행하러 가는 선후배 사이에서도 애써 궁금증을 감추는 모습이 역력했다. 12시간을 날아 두바이에 도착하니 두바이 지점장이 반가이 맞으며 라운지로

안내했다. 박 지점장은 라운지 별실로 우리를 데려가 주위를 한참 둘러본 후에 쿠웨이트행 항공권을 내밀었다. 그리고 이번 행사의 개요와 일정에 대해 짧게 전했다. 막바로 쿠웨이트행 항공기에 탑승, 예상치도 못한 1시간 30분의 추가 비행을 시작했다.

저녁 늦게 도착한 쿠웨이트는 중동의 겨울도 제법 쌀쌀하다는 것을 느끼게 해주었다. 쿠웨이트 공항에는 한 후배가 마중을 나와 있었다. 그는 쿠웨이트 군병력 수송 특별기 업무를 마치고도 본국으로 돌아가지도 못하고 영문도 모른 채 6일째 호텔에서 꼼짝도 못하고 있었다. 그날 저녁 총 4명의 현지 전담직원이 동방계획을 위한 쿠웨이트에서의 첫 미팅을 가졌다.

풀어야 할 문제가 한두 가지가 아니었다. 무엇보다 보안이 가장 걱정이었다. 일체 외출을 삼가고 통신도 사용을 금하는 것으로 행동 강령을 정하고 일별로 계획을 세워보았다. 우선 공항 당국으로부터 항공기 입출항 사전 허가를 받아야 했고 항공기 도착부터 출발 때까지 필요한 모든 지상 장비와 조업 인력을 조달해야 했다. 물론 가장 큰 어려움은 이 모든 것이 쿠웨이트 현지인 누구도 알지 못하도록 극비리에 추진되어야 한다는 것이었다.

다음날 호텔에서 쿠웨이트 현지 지원업무를 담당할 군관민 합동 준비회의가 비밀리에 개최되었다. 회의 의장은 각 부문에서 해야 할 업무들을 일목요연하게 나열하며 각자의 역할을 차질 없이 준비해 주길 당부했다. 이런 회의도 외부 현지인의 눈에 이상하게 비칠

2

감동의 드라마를 만든 사람들

119

수 있으므로 가급적 자제하기로 했다.

우선 쿠웨이트 공항에 가서 현지 사정을 살펴보았다. 알 무바라크로 명명된 쿠웨이트 공항은 민간용 공항과 미군 공군용 공항이 부지 내에 함께 있었다. 활주로는 민과 군이 두 개를 함께 사용했고 군 공항 출입은 철저히 사전 허가를 얻은 사람만이 할 수 있었다.

비록 출입은 까다롭지만 보안에 철저한 미군 공항 이용을 적극 검토했다. 이전에 대한항공의 한국군 수송용 특별기는 항상 민간 공항에 내려 모든 지상 조업을 쿠웨이트 항공사로부터 받았지만 이번에 그렇게 했다가는 특별기에 접근하는 민간 신분의 조업원들에 대한 보안유지가 어려울 것이기 때문이었다.

일단 부딪쳐 보자는 생각으로 공군연락관에게 부탁하여 쿠웨이트 미 공군기지의 의전담당 미첼 중령을 소개받았다. 만남에 앞서 필요한 장비와 인력에 대한 요구 사항을 아주 상세히 기술한 문서를 준비했다. 미첼 중령은 의아해 하면서도 일단 우리 요구를 적극적으로 수용해 주었다. 후일 감사 표시로 미 국무성 홈페이지에 중령에 대한 감사와 극찬의 글을 남겼다. 미 공군에서는 보유한 일체의 지상 조업 장비를 지원해 준다고 했는데 민간 항공기와 군용 지상 장비에는 호환성 문제가 있을 수 있어 사전에 육안 확인을 부탁했다.

대통령이 밟고 내려올 스텝카부터 지상의 전원 공급 장치까지 확인과 점검은 거의 10시간이 지나고 있었으며 미군 측은 군 수송기

답지 않게 왜 이리 호들갑이냐는 눈치였다. 그러나 이런 철저한 준비와 점검이 동방계획에 밑거름이 되었다고 믿어 의심치 않는다.

다음 걱정은 공항당국에 항공기 입출항 허가를 받는 일이었다. 문제는 항공기가 종전의 군 수송기처럼 한국에서 오는 것이 아니라 파리에서 첨성대 행사를 마치고 온다는 것이었다. 항공기 항로를 고려해 볼 때 서울에서 온다고 하면 나중에 문제가 더 커질 것 같아 일단 허가 신청서에 출발지는 사실 그대로 파리로 적었다. 목적은 군 수송용, 편명은 상업용을 의미하는 'KE9772편'으로 적어 접수했다.

초초하게 기다리던 우리는 항공기 도착 이틀 전에야 극적으로 착륙허가 내용이 담긴 메시지를 받아들었다. 호텔에서 하루 세 끼를 해결하며 밤낮으로 준비회의와 시간대별 행동 요령을 준비하던 우리가 두 번째 고비를 무사히 넘는 순간이었다.

12월 6일 항공기 도착 이틀 전, 최종 점검을 위해 일찌감치 호텔을 출발, 미군 공항에 도착한 우리는 각자 맡은 부분에 대한 확인 작업에 착수했다. 항공기 도착 시각은 사방이 어두운 이른 아침이어서 공항 시설물과 장비에 대한 준비가 미흡하다면 낭패를 볼 수 있는 일이라 몇 번이고 확인을 거듭했다.

특별기 도착 예정 시각은 12월 8일 새벽 4시 30분. 12월 7일 저녁에는 모든 준비가 완료되어 있어야 했다. 12월 8일 새벽 2시. 태극마크가 선명한 모래사막 빛깔 군복을 입은 항공기 경비 담당 군인 20명, 주쿠웨이트 대사, 행사 진행을 총괄하는 대사관 직원들, 그리고 대한항공 특별업무 수행팀은 쿠웨이트 미군 공항 초소 앞에 집결하여 무바라크 미공군 기지로 이동했다.

우선 미군과 함께 CP실을 차리고 준비사항에 대한 최종 확인 작업에 들어갔다. 약 1시간 뒤면 도착할 비행기를 기다리며 우리의 예행연습은 반복되고 있었다. 대통령 일행을 태우고 아르빌로 떠날 대한민국 공군의 C-130 수송기 2대도 프로펠러를 힘차게 돌리며 대기 장소에 안착했다.

드디어 승무원을 포함하여 총 193명의 승객이 탑승한 대한항공 특별기의 위용이 새벽 공기를 힘찬 엔진소리로 가르며 우리 시야에 들어왔다. 마샬러의 안내를 받으며 지정된 위치를 잡은 항공기는 엔진소리를 줄이며 안착의 신호를 보내왔다. 역사적인 첫발을 내딛는 일에 스텝카가 가장 먼저 서서히 다가서고 있었다.

대통령 일행은 곧바로 군수송기로 옮겨 타고 아르빌로 향했다.

뒤에 남은 기내 기자들의 분위기는 매우 술렁였다. 이 특종을 하루빨리 본국으로 전하고 싶은 마음에 모두들 초초해 하는 눈치였다. 기내에 필요한 아이템들을 챙기고 있는데 사무장의 다급한 목소리가 들려왔다. 파리에서 많이 싣는다고 실었을 텐데 비상식량으로 컵라면과 김밥이 전부라고 했다. 예상치 못한 쿠웨이트 착륙으로 최소 한 번 이상의 식사가 더 필요한 상황이었다.

언론에도 보도된 것처럼 이런 연유로 미군 PX에서 만든 샌드위치가 다급하게 기내식 대용으로 준비되었던 것이다. 무려 250개의 샌드위치를 만들기 위해 빵과 양배추를 바삐 손질하면서 이런 거대한 매출은 상상도 못했다며 즐거워하던 미군 PX병의 모습이 아직도 눈에 선하다.

이밖에도 낮이 되면서 기내 온도가 올라가자 기내 에어컨 가동을 위해 쿠웨이트 민간 공항에 잠입하기도 했다. 영문도 모르는 현지 매니저를 시켜 장비를 몰아 공항으로 이동하게 하고, 기내 음료 냉장을 위해 그날 다른 항공기에 쓸 드라이아이스를 통째로 얻어와 공급하기도 했다. 순발력과 그 동안 잘 맺어온 담당자들 도움으로 이 모든 일들을 순조롭게 풀어갔다.

그렇게 시간은 흘러 쿠웨이트 도착 후 10시간이 지난 12월 8일 오후 2시 30분, 대통령의 감격적인 아르빌 방문행사는 성공적으로 끝났다. 지상에 남은 우리에게 따뜻한 격려의 손짓을 보내며 아직도 감격과 흥분을 얼굴에 가득 담은 채로 항공기에 오르는 대통령을 보고 있자니 그간의 노고가 씻기고 큰 보람만이 가슴에 남았다.

때 아닌 장대비가 약 2시간째 무바라크 공항을 촉촉하게 적시고 있었다. 사막에 이렇게 천둥을 동반한 장대비가 내리는 것은 참 보기 드문 일이다. 그래서인지 이곳 사람들이 아주 좋은 징조로 여기는 이런 날씨가 우리의 감격을 대신하고 있는 느낌이 들었다.

　마침내 항공기가 엔진소리를 서서히 키워가면서 움직였다. 마지막 바퀴가 활주로를 박차고 오르는 모습을 끝까지 주시하며 기내에서 보고 있을 그 누군가를 위해 한참을 그렇게 손을 흔들며 서 있었다.

뉴스 시작 1분 전 영상 송출에 성공하다

| **NSC 정책조정실 행정관** 박해윤

노무현 대통령이 2004년 12월 8일 이라크의 자이툰 부대를 전격적으로 방문하여 우리 장병을 격려하는 장면은 전 국민을 감동시킨 쾌거였다. 이라크 치안 상황이 극도로 불안한 가운데 위험을 무릅쓰고 이루어진 방문은 이라크 평화재건 지원을 위해 먼 이국땅에 나가 있던 장병들의 사기를 드높였다.

고국에서 이를 지켜보고 있던 우리 국민들도 장병들과 한마음이 되었다. 특히 그날 저녁 TV로 생생하게 방영된 대통령과 우리 장병의 뜨거운 포옹 장면은 사람들의 심금을 울렸다. 감동적인 아르빌 현지 장면들은 오래도록 우리 국민들의 기억에 남을 것이다.

당시 우리 작전팀은 쿠웨이트에 일주일간 머물면서 '동방계획' 행사 준비를 하고 있었다. 나에게 맡겨진 마지막 임무는 쿠웨이트에서의 외교적인 지원과 아르빌 현지에서 촬영한 방송 영상을 쿠웨이트 TV 방송국을 경유, 국내 방송사에 송출하는 것이었다. 대통령의 역사적인 아르빌 방문 의의를 감안할 때, 뜻깊은 장면을 우리 국민들에게 신속하게 보여주는 것은 더없이 중요한 일이다. 그렇기 때문에 실수가 있어서는 안 되는 막중한 임무이기도 했다.

NSC에서는 방송 송출을 위해 우선 KBS 측에 긴밀히 협조를 구하고, 직원 2명을 쿠웨이트로 파견해달라고 요청했다. 다만 보안 때문에 KBS 기술진은 영문도 모르고 작전팀에 합류했다. KBS 기술진과 함께 쿠웨이트 TV 방송사에 방송 송출 협조를 구하고 시험 송출도 성공적으로 마쳤다.

가장 큰 어려움은 대통령 일행이 아르빌에서 돌아온 후 체류시간이 2시간 남짓이라서 가용시간이 극도로 제한되어 있다는 점이다. 1시간 거리의 시내 쿠웨이트 TV 방송국에 촬영테이프를 가져가 국내 TV 저녁뉴스 시간대에 맞춰 송출하기 위해서는 조금의 시간 여유도 없는 긴박한 상황이었다.

주어진 시간을 최대한 활용하기 위해 공항에서 쿠웨이트 TV 방송국까지 최단시간에 도달하도록 그 전날 사전답사까지 마쳤다. 12월 8일 11시 50분, 수송기가 쿠웨이트 무바라크 공항에 도착하자마자 최우선으로 비디오테이프 7개를 받아 쿠웨이트 TV 방송국으로 직행했다. 다행히 시내 들어가는 길에 교통 혼잡이 없어 예상보다 20분 빨리 도착했다.

YTN에서 저녁 7시(쿠웨이트 현지 시간 오후 1시) 뉴스에 특집으로 내보낼 수 있도록 송출해 달라는 요청이 있었다. 20분 빨리 방송국에 도착했으므로 어려움이 없을 듯했다. 그런데 12시 30분(국

내 시간 저녁 6시 30분)부터 송출을 시작하는 순간, 전혀 예상하지 못했던 문제가 발생했다. 시험방송 때와는 달리 오디오(음성)가 송신되지 않는 것이었다. 국내 방송사로부터 전화가 쇄도했다.

쿠웨이트 방송사 설명으로는 아랍 위성송신은 이상 없으나 영국 BBC가 중계하는 2차 송신에 문제가 있다는 것이다. 별다른 대책은 없고 오디오 송신이 정상화될 때까지 계속 시도하는 수밖에 없다는 막연한 설명이었다. 암담했다. 우리가 예약한 송출시간대는 12시 30분부터 오후 2시까지로, 많이 늦어질 경우 국내 저녁 9시 뉴스에도 내보내지 못하는 최악의 상황도 배제할 수 없었다.

30분이 다 지나도록 오디오는 불통이고 어느덧 오후 1시가 가까웠으나 KBS 기술진은 국내, 영국 등으로 끊임없이 문의전화를 하면서도 머리를 설레설레 흔들었다. 계획했던 저녁 7시 뉴스는 물 건너간 듯싶었다.

시간은 흐르는데 사고 원인조차 파악이 안 되는 안타까운 상황이었다. 절망적 분위기가 정점에 달했을 때, 지금까지 먹통이던 송신장비에서 갑자기 소리가 터졌다. 12시 59분! 국내에서 7시 뉴스가 시작하기 1분 전이었다.

그렇게 마음 졸이며 송출했던 영상들이 온 국민의 가슴을 따뜻하게 했던 감동의 장면들이었다. 신속한 화면 송출을 위해 KBS 기술진들과 함께 애썼던 쿠웨이트 TV 방송국에서의 피 말리는 순간들이 지금도 기억에 생생하다.

7시 뉴스에 잘 나가고 있습니다!

해외언론비서관실 행정관 박영국

대통령이 유럽을 순방 중이던 12월 2일 아침, 극비리에 해외 출장을 다녀오라는 홍보 수석의 느닷없는 지시를 받았다. 출장 세부지침을 받기 위해 NSC 사무차장실에 가서 들은 말은 이게 전부였다.

"바보 만들어서 미안하지만, 아무것도 묻지 말고 며칠간 어디 좀 다녀와 주시오."

그날 저녁 영문도 모른 채 쿠웨이트행 카타르 항공에 몸을 실었다. 사무실 직원들과 가족들에게는 행선지조차 알리지 못했다. 동행은 2명. NSC의 박해윤 외무관과 외교부의 손세주 국장. 그들은 뭔가 알고 있는 눈치였지만, 카타르를 거쳐 쿠웨이트로 가는 열여덟 시간 동안 아무도 쿠웨이트에 가는 목적에 대해 말해 주지 않았다. 나 또한 당부대로 아무것도 묻지 않았다. 다만 사무실을 나오기 전 급하게 챙겨왔던 몇 가지 자료들이 유용한 것이기만을 바랄 뿐이었다.

다음날인 3일 아침 쿠웨이트에 도착, 호텔에 짐을 풀고서야 동행했던 박 외무관과 손 국장은 '동방계획'에 대한 이야기를 꺼냈다. 그리고 내가 출장을 오게 된 이유를 말해주었다. 유럽을 순방 중인 대통령 일행이 귀국길에 이라크 아르빌에 주둔하고 있는 자이툰 부대를 방문한다는 것, 이 방문행사를 홍보하기 위한 쿠웨이트에서의 보도지원 활동이 나의 임무라는 것을 그때서야 알게 되었다. 두 가지 모두 어느 정도 예상했던 바였지만 곧이어 듣게 된 몇 가지 제약사항들이 나를 절망감에 빠져들게 했다.

첫째, 행사 자체가 절대 보안이라는 사실. 이는 서울에 연락해서는 안 될 뿐만 아니라, 당시 유럽 순방행사를 치르고 있던 본대 홍보팀이나 수행기자단의 의견도 들을 수 없음을 의미했다. 또 평소의 순방 행사 때는 일상적인 공관원들이나 현지 인력들의 도움마저 받지 못한다는 것을 의미했다. 그 모든 것을 혼자 판단하고 혼자 준비해야 한다는 말인가?

둘째, 공군 수송기를 타고 대통령과 함께 아르빌 현지에 들어가 행사를 취재할 수 있는 기자단의 규모가 제한되어 있고, 이들이 쿠웨이트로 복귀한 후 송고작업을 할 수 있는 시간도 1시간 내외로 무척 짧다는 것이다.

이는 수행기자단 중 아르빌 현지에 들어가지 못한 나머지 기자들은 쿠웨이트에 남아 8시간 가까이 어디선가 기다려야 한다는 것을 의미했다. 게다가 동선이나 시간 제약에 따라서는 어쩌면 아르빌에 갔던 기자들만 송고작업을 할 수 있을지도 모른다는 것이다. 대변인실이나 춘추관에서 들으면 아연실색할 일이다.

셋째, 1호기는 미 공군기지로 사용되고 있는 무바라크 공항에 착륙해 그곳에 머무르게 되지만, 1호기에 탑승한 수행원과 기자들이 공항 바깥으로 나가기 위해선 비자 취득과 출입국 절차가 필요하다는 것이다. 이는 기자들이 비자 취득과 출입국 절차 없이 공항 외부로 나가게 될 경우 쿠웨이트로의 불법 입국이라는 외교적 · 법률적 문제가 발생함을 의미한다. 그러면 방송뉴스 위성 송출은 어떻게 하며, 기사 송고를 위한 프레스센터는 도대체 어디에 마련해야 하나?

머릿속이 복잡해졌다. 이런 제약들이 있으니 도저히 그림이 그려지지 않았다. 한 가지에 대한 해법을 제시하면 다른 한 가지가 걸리는 식이었다. 동행했던 박 외무관과 손 국장은 보안 문제 등을 감안해 가능한 범위에서 최소한도로 일을 해나가자고 했지만, 그것만으로는 턱없이 부족할 것이라는 생각을 떨칠 수 없었다.

도착 당일 오후에 개최된 동방계획 관계자 현지 회의는 나를 더욱 절망스럽게 만들었다. 김관진 합참 작전본부장 주재로 현지 군부대 · 경호실 · 외교부 · NSC · 대한항공 관계자들이 참여한 가운데 회의가 열렸다. 마치 군사작전을 방불케 했다. 홍보와 보도지원 문제도 군사작전처럼 다뤄지고 있었다.

회의참석자 중 홍보 전문가는 나 뿐이었지만, 홍보의 중요성은 모두들 인식하고 있었다. 하지만 모두 보안을 최우선 과제로 여기고 있었기에, 홍보·보도지원 관련 사항을 필요 최소한도의 범위에서 처리하려고 했다. 풀(Pool) 기자들이 취재해 온 방송용 그림, 스틸 사진 그리고 풀 기사 정도를 송고할 수 있도록 공항 내에 소규모 프레스룸을 마련하고 대여섯 개 정도의 인터넷 회선만 준비하면 될 것으로 생각하고 있었다. 방송화면 위성 송출과 사진 전송 문제를 걱정할 뿐, 정작 뉴스의 커버리지를 결정할 방송 리포트 및 신문기사의 송고 활동에 대해서는 큰 관심을 두지 않았다.

이들에게 신문·방송 보도의 메커니즘, 수행기자단의 규모에 따른 문제, 기자들 간의 보도경쟁 실태 및 형평성 문제 등을 이해시키고 이번 행사의 보도지원 계획에 대한 개념을 바꾸도록 설득하는 것이 내 임무의 시작이라는 생각을 하면서 몇 가지 문제점을 제기하고 나섰다.

첫째, 커버리지를 높이려면 좀더 적극적인 보도지원이 이루어져야 한다는 점을 지적했다. 대부분 이번 행사의 뉴스 밸류만 믿고, 최소한도의 보도지원만으로도 대대적인 보도가 이루어질 것으로 생각하고 있었다.

그러나 뉴스 밸류가 아무리 높아도 취재 및 송고 방식에 따라 기사는 1면 톱이 될 수도 있고 사진만 게재될 수도 있다. 방송도 마찬가지로 기자들의 온-마이크 리포트 없이 덜렁 그림만 전송하면 단

신으로 처리될 수 밖에 없다. 따라서 어떤 방식으로든 각 언론사 기자가 심층기사를 작성·송고할 수 있도록, 그리고 방송 기자의 경우 전화 리포트라도 할 수 있도록 보도지원 업무를 추진해야 한다고 역설했다.

둘째, 기자들 간의 형평성 문제를 고려하지 않을 수 없음을 강조했다. 아르빌에 들어갈 수 있는 풀 기자단 규모는 30명 내외로 65명에 달하는 수행기자단의 절반에 불과하다. 나머지 기자들이 취재는 못하더라도 송고에는 지장이 없도록 도와줘야 하며, 그들이 기다릴 8시간 동안 기사를 작성할 수 있도록 공간을 제공하자고 주장했다. 이를 위해선 프레스센터에는 못 미치더라도, 공항 인근에 적어도 4~50회선 정도의 초고속 인터넷선과 그만큼의 국제전화선을 갖춘 프레스 워킹 룸(press working room)을 마련해야 한다고 주장했다.

셋째, 기자들에게 기사 작성 시간을 충분히 주어야 한다고 말했다. 물론 시간을 충분히 주려면 대통령이 많은 시간을 기다려야 하는 문제가 생길 수 있으나, 그러지 않고는 도저히 기사 송고가 이루어질 수 없다는 점을 계속 역설했다. 일부 관계자는 이동 시간 30분, 기사 송고 시간 30분 내로 모든 것을 끝내야 한다고 주장했다. 최선을 다하겠지만 그건 내가 장담할 수 있는 문제가 아니라고 대답할 수밖에 없었다. 기자들은 군인들이 아니기에, 그들에게 협조를 구할 수 있을 뿐이지 일방적인 지시는 할 수 없다는 점을 반복해서 설명했다.

다행히도 기자들을 위한 프레스 워킹 룸을 만드는 것에 대해서는 동의가 이루어졌다. 공항 안의 미군 사무실이나 공항 내 호텔을 활용하자는 의견이 있었으나 여의치 않다는 보고가 있었다. 통상의 경우 호텔의 방케트 룸(banquet room)을 프레스센터로 활용한다고 설명하니, 박인국 주쿠웨이트 대사가 공항에서 제일 가까운 크라운 프라자 호텔을 알아보자고 했다. 회의를 마치자마자 크라운 프라자 호텔로 답사를 갔다. 마침 적당한 방케트 룸이 디데이인 12월 8일에 비어 있었다. 구두로 예약을 하고 나니 마음이 한결 가벼웠다.

이제 남은 문제는 방송뉴스의 위성 송출 문제, 프레스룸에 설치할 시설 규모 문제, 행사 당일 기자단의 동선 문제였다. 이 문제들을 해결하기 위해서는 먼저 기자들의 취재방식 및 송고 계획, 풀 기자단 구성 방식 및 형태 등이 정확히 파악되어야만 했다. 그러나 보안문제로 인해 본대와 연락이 불가능한 상황이라 모든 것을 혼자 정확히 예측하고 치밀하게 계산하여 준비해야 했다. 마치 다원연립방정식을 푸는 기분으로 주어진 조건 하에서 최적의 해답을 구해보려 이리저리 궁리해 볼 밖에. 의외로 쉽게 해결된 문제도 있었지만 끝까지 고민을 했던 부분도 적지 않았다.

먼저 모두가 걱정하고 있던 방송뉴스의 위성 송출 문제는 의외로 쉽게 풀 수가 있었다. 다행히도 통상의 순방행사처럼 3일 후에는

KBS 위성중계팀이 온다고 했다. 이들이 오게 되면 일의 절반 이상이 해결되는 것이다. 이들이 오면 바로 작업에 들어갈 수 있도록 도착 다음날인 12월 4일, 대사관의 협조를 받아 쿠웨이트 국영방송의 국제협력실장과 면담을 가졌다.

방송국 측에 이라크 주둔 한국군의 활동상을 홍보하기 위해 한국의 방송취재팀이 촬영한 화면을 송출하려 한다고 대충 둘러대고 위성 송출 시설을 사용할 수 있냐고 물었다. 대답은 Yes. 다만 통상적으로 이런 협조는 방송국 간에 이루어지는 것이므로 KBS의 공식 요청이 필요하다는 말을 국제협력실장은 덧붙였다. 그렇게 하겠다고 하고 위성 사용시간을 12월 8일 12:30~14:00로 구두 예약 해두었다.

12월 6일 KBS팀이 도착하자마자 그들과 같이 다시 쿠웨이트 국영방송으로 가서 확약을 받고 송출 시설을 점검했다. 디데이 당일 테이프 전달 방법에 대해서는 NSC 박 외무관 책임 아래 운반계획이 수립되었다.

두 번째 남은 문제였던 프레스센터의 시설 문제에 대해서는 고민이 많았다. 우선 규모부터가 문제였다. 예약한 방케트 룸은 50명 정도가 동시에 작업할 수 있는 규모였지만, 거기에 인터넷선 등 통신시설을 얼마나 설치해야 할지가 고민거리였다. 물론 많으면 많을수록 좋겠지만, 예산과 직결된 문제였고 나에게는 예산을 집행할 권한이 없었다.

통상적으로 순방행사의 경우 보도지원과 관련된 예산은 국정홍보처에 편성되고 현지 홍보관을 통해서 집행되는데, 이번 행사는 예산집행 소관도 불분명해 보였다. 박해윤 외무관에게 상의하니 서울에서 가져온 NSC 법인카드 한 장에 모든 걸 의지하고 있었다. 난감한 일이 아닐 수 없었다.

사실 프레스센터를 준비하다보면 예상치 않은 지출들이 생기게 마련이다. 더욱이 이번 경우에는 모든 기자들에게 전화회선을 줄 수가 없기 때문에 전화요금을 기자들로부터 거둘 수도 없어 도저히 예산 규모가 잡히지 않았다.

다행히도 NSC에서 인터넷선을 충분히 확보하고 예산은 지원할 것이라는 메시지를 보내와 이틀간의 고민을 접었다. 45명 규모의 프레스룸을 설계하고 호텔 측에 초고속 인터넷 50회선(예비 5회선 포함), IDD용 전화기 30회선, 팩스 2회선, 복사기 1대, 프린터 1대를 요청했다. 한편, 인터넷 접속 불량으로 인한 기사 송고 장애 사태를 방지하기 위해 사전 점검이 필요했다. 합참 작전본부장에게 요청, 장교 2명과 전산병 4명을 지원받아 D-DAY 전날인 7일 저녁부터 밤을 새워 가며 인터넷선과 전화선을 일일이 점검했다. 덕분에 당일에는 인터넷선 불량으로 인한 사고 없이 기자들이 기사 송고를 할 수 있었다.

마지막 남은 문제는 기자단 동선이었다. 문제는 입국비자를 취득하지 않은 기자들을 출입국 조치 없이 어떻게 공항에서 15분 정도 떨어져 있는 프레스센터로 이동시키느냐 하는 것이었다.

당초 내 생각은 아르빌행 기자들과 잔여 기자들을 분리하여 이동시키는 것이었다. 한 줄이라도 기사를 더 쓰도록 하기 위해 그리고 방송리포트를 녹화할 수 있도록 하기 위해 잔여 기자들을 미리 프레스센터로 이동시키고, 아르빌행 기자들은 쿠웨이트로 귀환 즉시 프레스센터로 이동시키자는 거였다. 그러나 이 계획에 대해서는 기자단의 불법적인 출입국 행위가 외교적 마찰을 일으킬 소지가 있다는 외교부 관계자들의 문제 제기와 보안 문제를 걱정한 NSC 관계자들의 반대가 있었다. 보안, 외교, 홍보 문제가 함께 얽혀있는 형국이었다.

결국 남은 기자들을 1호기에서 대기시키다가 아르빌행 기자들이 돌아오면 같이 프레스센터로 이동시키기로 결론을 지었다. 그리고 불법 출입국 시비를 방지하기 위해 쿠웨이트 주둔 우리 공군부대의 헌병대장과 대사관 무관이 탑승한 차량이 기자단 버스를 호위, 군사용 행사 차량으로 보이게끔 하여 공항을 신속히 빠져나오기로 했다. 보안과 외교와 홍보 문제를 모두 해결하는 방법이었다.

모든 것이 계획대로 착착 진행되었다. 그러나 딱 한 가지 해결되지 않은 것이 있었다. 송고활동을 위해 기자들에게 할애된 시간이 너무 짧다는 문제였다.

12월 8일 12시. 공항을 빠져 나와 프레스센터로 향하는 버스에서 당초 계획대로 기자단에게 송고시간은 40분 정도라고 안내했다.

엄청난 항의가 쏟아졌다. 시간을 늘릴 권한이 없는 나는 더 이상 말을 못하고 프레스센터에 도착했다. 기자들은 송고작업을 하느라 정신이 없었다. 홍보팀 관계자들은 기자들이 이토록 집중해서 작업하는 모습을 본 적이 없다고까지 했다. 이런 프레스센터의 분위기가 상부에 보고되었는지 오후 1시경 윤태영 부속실장의 연락을 받았다.

"대통령님께서 기자들에게 시간을 충분히 주라고 하셨습니다. 기자들을 위해 기다리시겠답니다."

안도의 한숨이 나왔다. 당초 계획보다 40여 분의 시간을 더 사용하여 오후 1시 40분까지 기자들은 기사 작성 및 송고 작업을 할 수 있었다.

엠바고가 해제될 무렵, 서울 사무실로 전화를 걸었다. 동료 공 과장이 전화를 받았다.

"박 과장님, 수고하셨어요! YTN 7시 뉴스에 잘 나가고 있습니다. 외신에는 아직까지 보도되지 않았구요."

마음이 놓였다. 결국 해낸 것이다. 끝까지 보안이 지켜졌고 기사 송고도 잘 되었다.

동방계획을 준비한 모든 이들이 그러했듯, 홍보·보도 지원업무를 담당하였던 나 또한 무척 힘들었다. 촉박한 일정과 극도의 보안 속에 준비된 행사였기 때문에, 아무런 준비 없이 출장을 와서 혼자의 힘으로 모든 것을 준비해야 했다. 여타 순방행사와 달리 홍보계획서나 보도지원계획서 한 장 작성하지 않고 모든 것을 머릿속에 그려 가며 준비해야 했다. 물어보거나 상의할 사람도 없었다. 정말 외롭고 힘든 일주일이었다.

그러나 정작 동방계획이 어려웠던 이유는 다른 데 있었다. 동방계획 홍보를 제대로 하기 위해서 너무나 많은 설득을 해야만 했었던 것이다. 결국 모든 어려움을 극복하고 성공적인 홍보를 일궈냈던 순간, 그 어려움은 무엇과도 바꿀 수 없는 보람으로 바뀌었다. 내가 홍보 업무를 하고 있다는 사실이 그토록 자랑스러웠던 적이 없었다.

헌신적인 노력과 투철한 책임감이 이룬 쾌거

합참 작전본부장 중장(현 3군 사령관 대장) 김관진

2004년 12월 8일! 역사의 한 장이 될 대통령의 자이툰 부대 방문은 무엇보다도 해외 파병 장병들을 현지에서 직접 격려하고자 하는 확고한 의지와 신념이 있었기에 가능했다. 또 그 기밀 프로젝트를 담당한 NSC 참모진의 강력한 추진력과 임무수행에 동참했던 외교부 및 경호실 요원 그리고 해외 파병 장병들의 국가에 대한 자긍심, 충성심과 열정이 없었더라면 불가능했을지도 모른다.

NSC로부터 처음 대통령의 자이툰 부대 방문 의지를 전해 들은 순간 적지 않게 놀랐다. 영광스러운 일이기도 하면서 한편으로는

이 위험하고도 쉽지 않은 계획을 어떻게 성사시킬 것인가 하는 고민이 앞섰다. 군인은 임무를 받는 순간부터 임무완수 시 모습(End State)을 생각한다. 목표를 설정하고 목표에 이르는 과업을 구상하는 것이다.

합참으로 돌아오는 승용차 안에서부터 바로 임무수행 구상에 착수했다. 극비리에 추진해야만 하는 임무였다. 대통령이 가고자 하는 곳은 아직도 국지적인 교전과 테러로 인해 하루에도 수십 명의 사상자가 발생하는 곳. 적대세력이 이를 안다면 심각한 위험으로부터 자유로울 수 없는 곳. 바로 이라크이기 때문이었다.

극비리에 임무를 수행해야 하면서도 다국적군 사령부와 긴밀한 협조를 해야만 하는 이 두 전제 조건을 어떻게 충족시킬 것인가? 다른 한편으로는 대통령이 부대에 도착하여 방문을 마칠 때까지의 모습을 계속 그려보았다.

NSC와 구체적인 계획을 수립해가는 과정에서도 보안유지와 완벽한 협조를 위한 방안들이 제시되었다. 이 과정을 통하여 구체적이면서도 전격적인 방문이 계획되었고 완벽한 보안, 완벽한 경호, 구체적인 협조를 위한 세부적인 과제를 염출하게 되었다.

2004년 12월 3일, 전세기 편으로 쿠웨이트 알리 알 살렘 공군기지에 도착하자마자 바그다드 소재 다국적군 사령부의 한국군 협조단장인 최익봉 대령을 쿠웨이트로 비밀리에 불러들었다. 그리고 사전 연락되었던 주쿠웨이트 한국대사 및 국방무관, 58항공수송단장, 그리고 같이 온 우리 일행 중 NSC 및 경호실 핵심 요원들만 58항공수송단에 모여 철저한 보안 속에 처음으로 협조회의를 시작했다.

우리는 조심스럽게 동방계획을 수행하기 위한 분야별 과제를 식별하고 각자의 역할과 임무를 분담했다. 임무수행에 긴요한 정보들을 각자 역할에 맞게 몇 개의 팀으로 나누어 수집한 후, 야간에 2차 협조회의를 실시하면서 조금씩 임무와 역할들을 구체화했다. 회의 결과 쿠웨이트팀과 아르빌팀으로 나뉘어 현지에서 더 상세한 정보 수집을 하고 이에 따라 계획을 주도면밀하게 구체화하기로 하였다.

다음날인 12월 4일 오전, 아르빌팀과 동행하여 쿠웨이트 알리 알 살렘 공군기지에서 C-130 수송기를 타고 아르빌로 갔다. 자이툰 사단의 핵심 인원들과 기밀회의를 실시하면서 제반 사항들을 점검해 나가기 시작하였다. 자이툰 사단에서 주의해야 할 점과 준비해야 할 요소들을 논의하고 사단장을 중심으로 임무를 부여했다. 한편, 아르빌 공항 및 대통령의 순시 코스를 둘러보며 경호 대책을 구체화하고 제반 보안유지 방책들을 시행했다.

다시 쿠웨이트로 돌아와 쿠웨이트 현지팀과 합류, 대통령 일행이 아르빌로 갈 때 환승 비행장으로 사용할 무바라크 공항 일대와 디데이의 현지 기상 전망, 프레스센터 여건 등 제반 사항을 최종적으로 점검했다.

디데이가 다가올수록 준비는 다 되어 가는데 가장 신경이 쓰인 것은 당일 현지 기상이었다. 쿠웨이트와 아르빌의 기상 모두가 비행 안전에 필요한 절대적인 조건을 충족하지 못한다면 대통령의 자이툰 사단 방문은 물거품이 될 것이기 때문이었다.

하늘의 도움으로 자이툰 부대 방문은 성공적으로 이루어졌다. 어려운 문제였던 기자단의 기사 송출 문제, 기밀 유지를 위해 한국 대통령의 자이툰 사단 방문을 사전에 통보하지 못했던 쿠웨이트 및 이라크 정부, 쿠르드 지방정부와의 외교적 문제도 원만히 해결되었다.

대통령이 자이툰 부대를 방문했을 때 장병들이 감격해 하던 모습을 잊을 수가 없다. 1,115킬로미터의 사막 대장정을 적대세력의 준동 속에서도 한 건 피해도 없이 완벽히 마쳤고, 두 달 만에 허허벌판에서 사단 주둔지를 완성하는 기적을 이루어낸 자랑스러운 부대, 그런 장병들이었기에 머나먼 이국땅 임지에서 그들을 위로하기 위해 방문한 대통령을 맞는 감격은 더욱 컸을 것이다. 위험을 무릅쓰고 국군 통수권자로서의 관심과 사랑을 보여주었기에 그들은 더욱 용맹스러운 대한의 장병으로 거듭나리라 믿는다.

동방계획의 성공은 함께 참여했던 NSC 및 홍보수석실, 경호실, 외교부, 국정원 관계관들, 자이툰과 다이만 부대 장병들, 그리고 쿠웨이트 국방무관 및 MNF-I 협조단장의 헌신적인 노력과 투철한 책임감이 있었기에 가능했다. 이 글을 통해 깊은 감사를 드린다.

생에서 가장 길었던 2시간

| **이라크 평화재건사단장 소장** 황의돈

국군 최고 통수권자는 우리를 이렇게 불렀다.

"자이툰 장병 여러분의 땀과 노력이 대한민국의 힘이요, 외교력입니다."

2004년 12월 8일, 120분간에 걸친 대통령의 자이툰 부대 방문은 군사작전을 방불케 할 정도로 고도의 안전대책과 보안 속에서 이루어졌다.

합참으로부터 대통령이 자이툰 부대를 방문할 계획이라는 소식을 전해 듣는 순간 참으로 많은 생각이 교차했다. 국민의 성원을 받지 못한 채 장도에 올랐던 장병들의 서운함을 말끔히 씻어주고, 사기를 높일 수 있겠다는 가슴 벅찬 흥분과 기대감이 차올랐다. 그와 동시에 대통령이 테러가 계속되어 안전이 보장되지 않는 이라크 아르빌을 방문하는 사실이 사전에 유출될 경우 발생할 수 있는 위험스러운 사태를 생각할 때는 몸이 뻣뻣해졌다.

'동방계획'이라고 명명된 대통령의 자이툰 부대 방문은 이라크

의 불안한 치안상황으로 미루어 볼 때 엄격히 보안이 유지된 가운데 짧은 시간 안에 경호의전 문제들을 빈틈없이 준비해야 하는 제한사항과 어려움이 많은 일이었다.

보안유지를 위해 우선 장병들에게는 12월 8일 방문하는 귀빈이 건교부장관이라고 알렸고, 경호관들은 건교부 직원및 현지조사단들로 호칭했다. 최소 규모의 관계관들이 모인 기밀회의에서도 '대통령님'을 '의장님'으로 호칭하는 등 보안에 신경을 곤두세웠다. 혹시라도 부대 안에서 정보가 유출될 가능성에 대비하여 D-4일부터는 사단장실과 상황실을 제외하고는 외부로 연결되는 모든 전화와 인터넷망을 끊었다. 국민들과 가족들의 불필요한 오해나 걱정을 덜어주기 위해 자이툰 사단의 인터넷 홈페이지에는 "위성장애가 발생하여 수리 중이며 곧 복구할 예정이니 안심하십시오"라는 홍보문구도 올려놓았다.

대통령의 신변 안전을 위해서는 아르빌 현지에 대한 첩보수집도 필수적이었기 때문에 각별히 보안에 유의하면서 그 동안 유대관계를 맺어놓은 현지 치안기관 등을 활용한 정보수집 활동도 강화했다.

그런데 행사 이틀 전 한 교민을 통해 "건교부장관이 아니라 더 높은 분의 방문 계획이 있는 것 같다"는 내용이 코리아센터에 상주하고 있던 아리랑TV 기자에게 전해지고 말았다. 결국 "혹시 대통령께서 부대를 방문하시는 것이 아니냐"며 아리랑TV에서 취재

가능 여부를 사단 공보장교에게 문의해오는 사태가 발생했다. 사단 정훈공보 참모는 지휘계통과 청와대 경호팀 등 관련 인원에게 이 사실을 신속하게 알렸다.

청와대 경호팀과 부대별 보안 관련 부서에서는 교민에 대한 보안 조치를 즉각 강화하는 한편, 청와대에서는 아리랑TV 본사에 연락하여 엠바고 준수 및 보안유지를 당부하고 대신 부대 방문 취재를 승인해 주었다. 또 정훈공보부는 아리랑TV 취재진으로부터 보안유지 준수를 확약받은 후, 공보요원을 엠바고 해제 시점까지 아리랑TV 사무실에 배치하여 계획이 완전히 끝나기 전에 보도될 수 있는 가능성을 막았다.

문제는 여기에서 끝나지 않았다. 하필이면 12월 8일 쿠웨이트 무바라크 공군기지에 럼스펠드 장관의 전용기 도착 일정이 겹쳐 있다는 첩보를 입수하게 되었다. 아무리 귀빈이 오기로 되어 있다고 설명해도 미국 측에서는 럼스펠드 장관보다 중요한 한국의 귀빈이 도대체 누구인지 이해할 수 없다는 입장만 고수했다. 결국 바그다드 협조단장이 MNF-I사령관 케이시 대장을 직접 찾아가 양해를 구하고서야 럼스펠드 장관의 일정을 조정할 수 있었다.

대통령의 전격 방문은 현지 자치정부와 석연찮은 오해를 만들기도 했다. 의전보다 안전에 무게를 둘 수밖에 없는 우리로서는 쿠르드 지방정부에 대통령의 아르빌 방문을 미리 알려주는 외교적 관례와 배려를 부득이 생략할 수밖에 없었다. 그 때문에 차후 지방정부

측의 강한 불만을 감수해야 했다.

또 아르빌 공항에서 독자적인 경계작전을 펼치던 중에는 현지 치안병력과 마찰을 빚는 일도 생겨 그들에게 불쾌감을 주기도 했었다. 그 일로 쿠르드 지방정부의 내무부장관은 자이툰 부대 관계자에게 강하게 항의했다. 사전 협조도 요청하지 않았고 특히 아르빌 공항 내 현지 치안 및 경비 병력을 출입금지 조치한 것은 상호 신뢰가 없다는 증거라는 것이다.

결국 현지 여론까지 악화될 기미를 보이자 최종일 작전부사단장이 내무부장관을 방문해 사전 협조를 구하지 못한 것에 대한 유감의 뜻을 전달해야 했다. 그리고 쿠르드 지방정부에서 요청한 3대 사업을 검토하기 위해 조만간 우리 정부의 건교부장관이 아르빌을 방문할 예정이라면서 불만을 달래주었다.

한편 아르빌 공항에 도착하는 대통령을 영접하기 위해 사단에서는 새벽부터 공항 일대 경계배치를 완료했다. 위험지역 및 주요 감제고지에 수색정찰 및 선점, 도로 주변 일대에 2인 1개조 경계 실시, 검문 강화, 외부 인원 및 차량 이동 통제, 도로 정찰 및 폭발물 탐지, 현지 치안전력 통제, 경호차량 배치 등 만반의 경계 작전을 준비해 놓았다.

미국 측에서는 대통령 일행이 쿠웨이트에서 아르빌까지 수송기로 왕복할 때 F-15 최신예기로 초계경호를 지원해주었으며, 아르빌 공항 이착륙 시에는 아파치 헬기를 이용해 주변 공중정찰에 나서는 등 적극적인 협조를 아끼지 않았다. 게다가 긴급상황에 대비한 의무 헬기까지 대기시켜 주는 등 동맹국으로서 최대한의 성의를 표시하여 우리를 더욱 뿌듯하게 만들었다.

장병들의 열렬한 환영을 받으며 도착, 지휘통제실로 이동한 대통령은 이라크 치안 상황과 부대 현황에 대한 보고를 받고 "정말 장하다"는 말로 거듭 격려했다. 그리고 국민에게 전혀 알려지지 않았던, 자이툰 장병들의 진한 땀과 눈물이 담겨있는 푸른천사 활동(일명 그린엔젤 작전) 영상물을 보고나서는 감동어린 격찬을 남겼다. 이어 장병들과 식사를 한 뒤 즉석 연설을 통해 장병들에 대한 치하도 아끼지 않았다.

대통령이 내무실 시찰을 마친 후 다음 순시 장소인 자이툰 병원으로 가기 위해 지프차에 오르는 순간 조그만 사고가 터지고 말았다. 해병대 장병 한 명이 대열에서 뛰어나와 "한 번 안아보고 싶습니다!"라며 대통령을 꼭 끌어안고 한 바퀴 도는 게 아닌가. 옆에 있던 경호요원들이 깜짝 놀라 제지하는 과정에서 자칫하면 험악한 사태가 연출될 뻔하기도 했다.

가문의 영광으로 간직하겠다는 병사의 말을 듣고 지프차에 오른 대통령은 살짝 눈물을 보였다. 우리 자이툰 장병뿐만 아니라 국민들의 가슴 속에 지금도 새겨져 있는 아름다운 영상이다. 결코 짧을 수 없었던 2시간이 그렇게 지나고 있었다.

하늘은 스스로 돕는 자를 돕는다

| NSC 정책조정실 준장(진) 황인무

동방계획은 대통령의 위대한 결단이었다. 결단이 아니라면 현지 치안 상황을 고려해 볼 때 생각조차 하지 못한 계획인 것이다. 가장 중요한 경호문제를 100% 확신할 수 없는 상황이었고 미국의 부시 대통령처럼 자국의 수송기(C-17)를 이용하여 비밀리에 극비 방문할 수 있는 수단도 우리에게는 없었다.

쉽지 않은 일임에도 대통령은 굳은 결심을 보이고 자이툰 부대 방문 격려를 추진토록 지침을 주었으니 역사적 사건이 될 수밖에 없었고, 불가능하다고 여겨진 일을 완벽하게 수행했으니 위대한 작품일 수밖에 없었다.

최초 준비단이 도착했을 때 아르빌 지역은 사막 한가운데 있는 오아시스처럼 느껴졌다. 며칠 후면 동방의 귀인이 오신다는 경이로움에 현지 지형과 기상이 새롭게 보였기 때문이었을까?

아르빌에 도착하기 전 쿠웨이트에 있는 58항공수송단에서 개략적인 협조회의를 통해 지역별 임무 분담과 책임자를 정하고 기본 보안 준수 지침을 공유했다.

쿠웨이트에서 우선적으로 해결할 문제는 간이 프레스센터를 개설할 장소를 찾는 일이었다. 쿠웨이트 대사 및 무관과 수뇌부 회의를 통해 공항 안에는 불가능하다고 판단, 쿠웨이트 호텔 두 곳을 야간에 살펴보기로 했다. 기타 공항 사용 및 경호 문제, 휴식 문제 등은 어렵지 않을 것으로 판단되었다.

아르빌에 도착하여 자이툰 사단과 나눈 최초 회의에서는 개략적인 행사 계획 설명과 기밀 유지를 주로 논의했다. 외교부 및 국정원, 기무사 등 관계자에게 주의를 구하고 인터넷과 일반 전화 차단 등 자이툰 사단에 대한 보안 조치가 이루어졌다. 국방부 전화망도 사단장실과 지휘통제실을 제외하고는 고장이라며 차단시켰다. 그런데 현지에 체류하고 있는 교민과 아리랑 TV에 대해서는 묘책이 없었다. 개인 휴대전화를 모두 없앨 수도 없는 일이어서 D-2일 전에 조치하기로 결정했다. 그 전엔 지정된 인원에게 기밀 누출 여부에 대한 탐문 활동을 강화하도록 조치했다.

다음으로 행사를 어떻게 기획할 것인가가 큰 고민거리였다. 대통령 일행의 동선을 어떻게 짤 것인가? 도착부터 지휘통제실, 식당, 내무반, 병원 등에서 자연스러우면서도 의미를 드러낼 수 있어야 하겠기에 합참 작전본부장과 수없이 토의했다. 기념사진은 어디서, 어떤 대형으로 촬영하는 것이 적절할까? 환송 때 소형 태극기

를 준비하는 것이 좋을까? 이러저리 많은 궁리를 해보았지만 국내에서처럼 주변에 의전, 행사 기획, 보도 지원 등을 도와줄 사람들이 한 명도 없으니 답답할 때가 한두 번이 아니었다.

아르빌에 도착하기 전에 NSC 사무실에서 참고자료를 작성하여 파리로 보내기는 했지만 현지에 도착해 보니 더 많은 준비가 필요했다. 세부적인 추가 보도참고자료와 사진집(CD), 부대소개 영상자료를 별도로 준비하여 기자단이 도착하자마자 줄 수 있도록 조치했다. 섬뛰기식으로 행사 장면을 촬영할 수 있도록 차량과 안내장교도 편성하여 사전에 교육시켰다. 순시지역별로 기자들의 촬영 위치와 공간을 확보해 주는 것도 주요한 고려 요소였다.

행사를 준비하면서 가장 신경 썼던 부분은 뭐니 뭐니 해도 경호 문제이다. 어떻게 인원 보안을 통제할 것인가? 아르빌 공항을 포함한 부대 주변은 어떻게 수색하고 절대 안전을 확보할 것인가? 미군 아파치 헬기 및 전투기 통제를 위한 미군 연락반 회의, 부대 외곽지역의 페쉬메르가 초소 통제 및 장악 등을 언제 어떤 방식으로 할 것인가도 비공개로 추진하다 보니 더욱 어려웠다.

방문 당일 아침, 현지 시간으로 새벽 2시쯤 사무차장에게서 날씨를 묻는 전화가 왔다. 밖엔 별이 초롱초롱했다. 그런데 시간이 흐르면서 별빛이 흐려지는 것이 아닌가. 비가 올 것 같은 예감이 들었지만 애써 외면했다. 그저 행사 종료 때까지는 비가 안 올 것이라고, 그럴 거라고 믿고 싶은 마음뿐이었다. 하늘은 스스로 돕는 자를 돕는다고 했던가. 다행히도 아르빌 공항에서 C-130 수송기가 이륙하고 나서야 비가 오기 시작했고, 쿠웨이트에서도 C-130 수송기가 완전히 도착하고 나서 비가 쏟아지기 시작했다.

동방계획은 대통령의 과감한 결단력과 특유의 강인한 체력, 소탈한 품성이 만들어낸 역사적 작품이었다. 이러한 역사적 사건 한가운데 있었던 사실이 가슴 뿌듯하고 영원히 기억될 것이다. 행사를 준비하는 동안 다시 생각하고 싶지도 않은 고달픈 기억도 많았지만 결과의 아름다움에 모두 묻혀 버리고 말았다.

모든 상황을 주도면밀하게 통제하고 명확한 지침을 준 NSC 사무차장의 치밀함과 충성심, 추진력에 깊은 존경을 보낸다. 모든 행사 준비 관계자들에게도 시간이 흐를수록 더욱 고마워지는 마음을 꼭 전하고 싶다.

대통령님, 안아보고 싶습니다!

사단경비중대 해병 상병 김준석

우리 자이툰 장병들은 쿠웨이트에서 현재 위치까지 1,115km의 거리를 지상으로 이동한 파발마작전을 성공적으로 마치고 평소처럼 본연의 임무를 수행하고 있었다. 오히려 안정을 되찾으면서 집 생각도 나고 일상의 지루함도 가끔 찾아드는 나날들이었다. 파병부대의 선례를 보면 파병 후 3개월이 각종 사고에 노출되기 쉬운 가장 취약한 시기라고 지휘관들이 이야기하곤 했다. 이에 따른다면 우리가 아르빌에 도착한 것이 9월이므로 12월이 바로 그 취약한 시기가 되는 때였다.

그런데 우리 자이툰 부대에게는 12월이 가장 즐거운 시기가 되어 버렸다. 누구도 예상하지 못한 대통령의 방문이라는 선물 덕분이었다. 이미 홈페이지를 통해 우리 부대에 대한 국민들의 관심이 어느 정도인지는 알고 있었지만, 이번 방문으로 정부와 국가 차원의 관심과 배려가 얼마나 큰지 실감할 수 있었다.

2004년 12월 8일, 대통령의 격려 방문 일정 중에 나는 대통령과

의 기념 촬영을 할 수 있는 영광을 갖게 되었다. 대통령을 먼발치에서 바라볼 수만 있는 것도 영광인데, 가까이서 사진을 찍는다는 것은 내 인생 최대 사건이었다. 더구나 촬영 후에 대통령과 나눈 진한 포옹과 악수로 우리 자이툰 부대가 얼마나 사랑받고 있는지를 온몸으로 느낄 수 있었다.

감히 생각도 하지 못한 대통령과의 포옹, 그것도 모자라 대통령을 힘껏 안고 빙그르르 돈다는 것을 누가 상상이나 했겠는가. 나중에 인터넷을 통해 관련기사를 보고 대통령을 포옹하고 있는 내 모습이 벌써 유명인사가 되어 있다는 것을 알게 되었다. 내 일생의 가장 소중한 기억이자 영광으로 길이 남을 일이었다.

"대통령님, 감사합니다. 평생 동안 가문의 영광으로 삼겠습니다."

인터넷으로 사진을 보니 옆에 경호원으로 보이는 사람들의 놀란 얼굴이 배경으로 잡혀 있었다. 같이 보던 동료와 상관들은 다들 크게 웃으며 한 마디씩 건넸다.

"야 김 해병! 이건 불경죄야, 임마!"

대통령을 향한 애정 표현이 불경죄가 아님은 확실하다. 나는 현재까지도 건강하게 대한민국의 대표, 우리 자이툰 사단과 해병대의 대표로서 열심히 근무를 하고 있으니 말이다.

나를 비롯한 자이툰 부대 전우들은 새해를 맞아 대통령과 국민의 성원에 보답하고자 파병임무에 더욱 매진하고 있다. 설령 난관이 있을지라도, 우리는 조국이 부여한 이라크의 평화 · 재건 임무를 완수하기 위해 일심동체가 되어 모든 어려움을 극복할 자신이 있다.

우리는 항상 초심을 유지하려고 한다. 파병을 지원했을 때의 열망, 특전교육단에서 쌓았던 열정, 그리고 쿠웨이트에서도 잊지 않았던 열의를 그대로 간직한 채 이라크에 평화와 재건의 씨앗을 뿌리고자 한다. 그리고 우리는 반드시 무사귀환할 것이다. 사랑하는 가족의 품에 건강한 모습으로 돌아갈 것이다.

우리가 원하는 것은 국민 여러분의 변함없는 성원뿐이다. 군대는 사기(士氣)를 먹고 산다고 한다. 우리 자이툰 부대가 높은 사기를 유지한 가운데, 충실하게 임무를 수행할 수 있기 위해서는 국민 여러분의 열렬한 지원과 박수가 절실하다. 먼 이라크 땅까지 들리려면 참으로 큰 지원과 박수가 있어야 할 것 같다.

오직 한 순간을 위하여

선발 담당 경호관

대통령 내외분이 유럽순방에 나서기 하루 전 '동방계획' 행사의 경호계획을 수립하라는 임무가 주어졌다. 유럽순방에 대한 모든 사전 준비를 마무리하는 시점이었고, 행사가 성공적으로 이루어지기만을 고대하고 있던 나에게 주어진 이 임무는 그야말로 절체절명의 과제였다.

내가 맡은 업무가 행사 관련 경호계획을 수립하는 일이었고, 십수 년 동안 언제나 행사를 준비함에 있어 비상상황을 예상하고 대비책을 수립하는 일에 단련된 나였지만 이번 임무는 그 차원이 달랐다.

'전장에서 귀빈의 안전을 보장하라'는 임무는 그간의 업무지식이나 경험 등을 넘어 또 다른 무엇인가를 요구하는 일이었기에 표현하지 못할 중압감이 밀려왔다. 만에 하나 사소한 부분이라도 부족함이 있어 차질이 생긴다면 이는 곧 대통령의 안위와 국가안보에 직결되는 결과를 초래할 수 있다. 짧은 순간 많은 생각들이 내 머릿속을 스쳐 지나갔다. 준비기간도 너무나 부족한 터라 입술은 다 타들어가고 있었다.

우선 경호계획에 필요한 인원을 선정하는 것과 보안대책을 수립하는 것이 급선무였다. 보안유지를 위해 실무자는 최소 인원으로 한정할 수밖에 없었고, 참여한 실무요원들은 동료 직원들에게 노출되지 않도록 별도 공간을 확보하여 업무에 돌입했다. 우리는 비장함이 느껴질 정도로 숙연하기만 했다.

다음날 아침 경호책임자에게 경호조치와 관련한 준비계획이 보고되었고 이를 토대로 NSC측과 실무회의를 가졌다. 쿠웨이트와 이라크에서의 이·착륙 장소, 이라크까지 동행할 수행원과 기자단 편성, 수송기 탑승계획, 여사님과 수행원의 체류 방법 등 제반사항들이 논의되었다.

우리에겐 보안유지가 가장 큰 숙제였다. 선발경호팀이 신분을 노출하지 않고 현지로 이동·활동할 수 있는 방안, 동방계획의 해당국인 이라크와 경유국인 쿠웨이트에서의 보안대책 등이 강구되었다.

경호책임자는 쿠웨이트와 이라크의 선발경호 임무를 담당할 팀은 ASEAN+3 정상회의를 위해 라오스 선발경호 임무를 수행하고 복귀하는 팀으로 편성하도록 지침을 주었다. 그 동안의 경호활동을 통해 팀워크가 잘 갖추어진 터라 임무 수행에 무리가 없을 것으로 판단하였고, 이들이 휴가를 떠난 것으로 처리하면 보안유지도 용이하였기 때문이다.

12월 1일, 경호실·NSC·외교부의 실무책임자들이 참석한 가운데 관련 부처 실무자회의가 열렸고, 이 자리에서 실무적인 세부사항에 대한 의견 일치를 위해 모두가 머리를 맞대고 고심했다.

12월 2일 새벽, 라오스에 출장 갔던 선발경호팀이 인천 공항을 통해 귀국했다. 이들 가운데 선정된 '동방계획' 출장자들에게도 행사 내용에 관한 언급을 일체 하지 않았다. 이번 임무가 매우 특별하고 중요하다는 점과 무엇보다 철통같은 보안유지가 요구된다는 점만을 거듭 강조했다. 어느새 요원들 얼굴에는 비장함과 긴장감이 교차하고 있었다.

다음날 새벽, 우리 선발경호팀은 사무실 인근에 대기하고 있던 버스에 올랐다. 나는 목적지가 쿠웨이트라는 것과 우리 신분이 정부 중앙부처의 해외사업 조사단요원이라는 점만을 알렸다. 보안을 생명처럼 알고 있는 그들은 어느 누구도 궁금한 사항에 대해 물어보지 않았고 의연한 시선만을 보냈다.

군 전세기를 이용하여 쿠웨이트에 도착한 후, 쿠웨이트에 잔류할 경호팀과 이라크로 이동할 경호팀을 편성하여 개인별 임무를 부여하고 제각기 준비에 들어갔다. 쿠웨이트가 종착지인 줄로만 알았던 일부 요원들은 최종 목적지가 이라크 아르빌로 알려지자 놀라는 기색이 역력했지만, 이내 모든 상황을 감지한 듯 비장한 눈빛으로 새로운 각오를 다지는 모습들이었다.

이날 오후 군 책임관이 주관하는 준비회의를 통해 쿠웨이트 공항 및 자이툰 부대 내에서의 조치사항들을 점검했다.

다음날 아르빌 선발경호팀은 수송기에 올라 아르빌로 향했다. 이 수송기는 행사 당일 대통령 일행이 아르빌로 이동할 때 타게 될 비행기로 사전 점검과 예행연습이 목적이었다. 착륙 직전, 적의 지상 공격에 대비한 선회비행은 전장으로 들어가는 실감을 느끼기에 충분했다. 아르빌 공항에서 자이툰 부대까지 가는 동안 펼쳐진 구릉지대의 능선은 풀 한 포기 나무 한 그루 없이 황량하게만 느껴졌고 내 눈에 띈 첫 이라크인도 총을 든 모습이었다.

부대에 도착한 후 자이툰 부대 관계자와 협조회의를 가졌다. 부대장에게 우리 신분이 노출되지 않도록 해 줄 것과 필수 지휘망을 제외한 모든 대외 통신망과 인터넷망 차단을 요청했다. 당시 자이툰 부대의 전폭적인 협조와 지원은 우리에게 그 어떤 것보다도 큰 힘이 되었다.

자이툰 부대에서의 첫날밤. 컨테이너 막사 속 야전 침대. 준비해야 할 많은 일들에 대한 생각으로 이리저리 뒤척이다 밤을 하얗게 새워버렸다.

다음날 오전에는 아르빌 지역 행사장 답사에 나섰다. 순간 어리둥절한 웃음을 지을 수밖에 없는 상황이 벌어졌다.

"여러분이 주둔지 밖으로 나가실 때는 반드시 경호 병력과 동행해야 합니다."

대통령의 경호를 책임지고 있는 경호관이 경호를 받는 입장이 되어버린 것이다. 공항지역은 안전을 확신할 수 없는 최악의 상황이었다. 개활지였고 시계도 흐렸으며 도처에 저격과 매복 등이 가능한 곳이었다.

공항의 안전을 확보하기 위해서 귀빈 탑승 수송기가 무바라크 공항과 아르빌 공항을 왕래할 때는 전투기의 초계비행을, 아르빌 공항 도착 전 상공에는 전투 헬기의 정찰비행을 실시할 수 있도록 관계기관을 통해 미군에 협조를 구했다.

그러나 가장 큰 과제는 대통령 일행이 탑승하고 있는 비행기가 아르빌 공항을 무사히 이륙하여 안전지대로 들어서는 그 순간까지 공항 일대를 안전하게 만드는 일이었다. 우리는 공항 외곽까지 경계 범위를 넓혀 자이툰 병력으로 수색정찰을 마친 후 경계요원을 배치하기로 했다. 그 외 취약요소도 하나하나 꼼꼼히 살피며 대비책을 세워나갔다.

행사 당일 흐리고 비가 올 것이라는 걱정스러운 기상예보가 있었다. 기상 악화로 비행이 불가능한 만일의 경우에 대비하여 예비계획을 다시 확인하느라 우리는 또 한번 밤을 지새워야 했다.

드디어 D-day.

새벽녘 잠시 별빛이 보이는가 싶더니 하늘이 이내 흐려지면서 금방이라도 비가 쏟아질 것처럼 변해버렸다. 모두들 걱정하는 눈치였으나 각자 자신에게 부여된 임무를 재확인하면서 조용히 움직이기 시작했다. 최종 점검을 하고 미군지원팀과 함께 수송기 착륙을 기다렸다.

마침내 수송기가 육중한 소리와 함께 활주로에 착륙했다. 잠시 후 대통령이 얼굴 가득히 환한 웃음을 지으며 트랩에 모습을 나타냈다.

이후 자이툰 부대 지휘통제실 방문, 장병들과의 조찬, 내무반과 자이툰 병원 순시 등 예정된 일정이 하나하나 순조롭게 진행되었다. 가는 곳마다 장병들을 비롯해 그곳에 자리한 모든 이들이 우렁찬 함성과 격앙된 얼굴로 감격에 겨워했고 한정된 시간을 못내 아쉬워했다. 당시 벅찬 가슴을 누르며 경호임무 수행을 위해 의연하고 냉철한 자세를 유지하느라 무척이나 힘들었던 기억이 지금도 생생하다.

한편, 별도의 의전팀이 계획되지 않아 선발경호팀이 NSC 측과 협의하여 의전 기능을 수행해야 했는데 그 동안의 경험을 적극 활용하여 준비에 만전을 기했다. 실제로 장병들과의 기념 촬영 때에는 앞줄 가운데였던 대통령의 자리를 조정하여 그 주위에 장병들이 자연스럽게 위치하도록 했는데, 이 장면은 '병사와의 포옹' 장면과 함께 자이툰의 감동을 전하는 대표적인 사진이 되었다. 현재 경호실 2층 복도에도 이 사진이 걸려 있는데, 그 앞을 지날 때마다 나도 모르게 흐뭇한 미소를 지으며 당시의 감동을 되새기게 된다.

2시간여의 아르빌 방문을 마치고 공항에 도착했을 때 수송기는 활주로 끝단에서 대기하고 있었다. 최단시간에 이륙할 수 있도록 하기 위한 조치였다. 마침내 비행기가 아르빌 공항을 이륙했다.

하늘도 이번 행사의 성공을 기원했던 것일까? 수송기가 떠나자마자 굵은 빗방울이 한껏 쏟아져 내리기 시작했다. 우리 모두는 비를 피할 마음이 전혀 없었다.

'귀한 방문이 이곳 사막에 귀한 비를 선물로 내리는구나' 하는 생각과 함께 절체절명의 임무를 완수하기 위해 숨 가쁘게 지나왔던 지난 시간들이 파노라마처럼 지나가고 있었기에.

하나 된 충성, 영원한 명예

| 수행 담당 경호관

경호관은 새로운 임무를 부여받으면, 행사계획 준비부터 행사를 마친 후 사무실 복귀에 이르기까지 매 순간 이어질 자신의 행동과 생각, 자세와 호흡을 예견하고 준비한다. 임무를 마칠 때까지 노출을 자제하고 보이지 않으면서도 빈틈없는 보호막을 만들어 '생각하는 그림자 경호'를 행하는 것이 본연의 사명이기 때문이다.

특히 해외순방 행사에서는 상대국 경호기관과의 원활한 업무 협조를 유도하는 동시에 드러나지 않는 우리만의 면밀한 준비를 한다. 물론 평소 부단한 훈련과 노력을 통해 예기치 않은 상황에 대해 차분하고 침착하게 대응하는 능력을 길러간다. 그리고 그날은 이 모든 사항이 그 어느 때보다 절실하게 요구되고 있는 일이다.

첨성대 행사 마지막 방문국인 프랑스에서 11박 12일의 해외 일정을 마무리하며 본국으로 안전하게 돌아가기 위한 중간 정리를 하고 있을 때, 출발시간이 4시간 30분가량 지연되었다. 우리는 상원의장 면담 일정이 추가된 것을 확인하고 그렇게 프랑스에서의 마지막 경호임무를 수행하고 있었다.

프랑스에서의 마지막 날, 점심식사 후 수행경호팀 회의를 위해 수행경호관이 모두 모였다. 11박 12일이란 기간은 특히 수행경호관들에겐 강인한 정신력을 필요로 하는 일정이었다. 더구나 해외순방 행사는 상대국과의 합동경호체제로 이루어져 국내보다 몇 배의 긴장과 노력이 요구되었다.

책임간부는 조용히, 그러나 단호한 어조로 말을 꺼냈다.

"지금부터의 내용은 그 누구에게도 발설해서는 안 되는 특별 보안사항이며, 누설 시 행사 전체가 취소되고 대통령의 안위 및 국가안보와 직결되는 사안이다."

마침내 본대가 쿠웨이트를 경유, 이라크 아르빌에 주둔 중인 자이툰 부대를 방문한 후 서울로 복귀한다는 '동방계획'이 우리 앞에 그 실체를 드러낸 것이다.

예상치 못한 변경사항에 놀라움을 감추지 못했지만 비장한 각오로 또 다른 임무를 각자의 마음속에 그리고 있었다. 안전이 보장되지 않는 이라크에 대통령을 모시게 된 피할 수 없는 현실 앞에서 나는 그 어느 때보다 절실하게, 마음을 추스르기 위해 두 눈을 감고 말았다. 수행경호 팀원들의 결연한 몇 마디가 귓전에 잔영을 남기며 그렇게 프랑스에서의 잠 못 드는 밤은 깊어만 갔다.

불현듯 10여 년 전 입사면접 때 생각이 계속 머릿속을 맴돌았다.

"세상에서 가장 소중한 가치는 희생이며, 더욱이 그것이 국가와 민족을 위한 것이라면 그 무엇과도 바꿀 수 없다고 생각합니다. 저는 이제 기꺼이 받아들일 준비가 되어 있습니다."

무에서 유를 창조하는 것이 준비된 조직의 모습이고, 현재의 역량을 극대화해야만 소중한 결정체를 얻을 수 있으리라.

아르빌로 수행할 본대팀과 쿠웨이트에 잔류할 팀을 발표하며 임무를 부여할 때는 모두가 의연한 자세로 책임간부의 말에 귀를 기

울었고 그의 냉철한 판단에 따랐다. 후에 들은 얘기지만 당시 아르빌로 가는 본대 임무를 저마다 자청하는 바람에 경호실 간부들이 흐뭇한 고심을 하기도 했었다고 한다.

동방계획이 발표되자 기내는 놀라움과 당혹감으로 어수선해졌지만 어느새 저마다 긴장을 다스리고 각오를 다지는 모습이었다. 특히 아르빌로 이동할 수송기의 탑승 인원이 한정되어 있어 기자단 또한 인원을 선발해야 했는데, 각 언론사별로 한 명이라도 더 편성하기 위해 애쓰는 모습을 보며 그들 역시 투철한 직업정신을 가진 프로들이라는 생각이 들었다.

쿠웨이트 도착 1시간 전, 기내에서 수행경호팀의 최종 브리핑이 있었다. 우리는 특수장비와 방탄복을 여미며 마지막 준비를 했다.

대통령도 전용실 내에서 여사님, 부속실 직원, 경호책임자가 지켜보는 가운데 서울에서 가져온 쟈켓용 방탄복을 입으셨다. 그 위에 자이툰 부대 복장을 여미는 순간엔 어느 누구와도 대화는 없었으나, 여사님의 근심어린 표정에도 입을 굳게 다문 대통령의 모습에서 국가지도자의 진정한 의미를 읽을 수 있었다. 쿠웨이트 공항 도착. 사막지역이라 거세고 훙건한 모래바람을 예상했지만 날씨는 의외로 스산하고 적막했다.

귀빈과 함께 수송기에 탑승하여 아르빌로 이동하던 중 승무원들이 탑승자들에게 자이툰 부대복을 건넸다. 수송기는 국내에서보다 요동이 훨씬 심했지만, 우리는 말없이 개인 임무와 행동 요령, 비상

대책 및 개인 장비 등을 반복하여 확인했다.

아르빌 공항 도착 직전, 아르빌에 먼저 전개해 있던 선발경호팀의 짧은 무전이 우리에겐 천사의 목소리로, 천군만마의 믿음으로 다가왔다.

"모든 준비 이상 없음!"

아르빌 공항에 도착 후 상기된 자이툰 부대 간부들의 영접이 있었고 대통령은 굳고 결연한 악수를 청하였다. 특히 군용차량에 탑승하기 전 대통령의 걱정 어린 격려 말씀과 자이툰 부대 사단장의 패기어린 답변은 모두에게 큰 감동을 주었다.

현장에 도착하였을 때 대기하고 있던 장병들의 우렁찬 함성소리가 터져나왔다. 전쟁터로 자신들을 위로하기 위해 달려온 대통령은 그 순간 그들에겐 부모이자 친구이고 애인이자 국가였으리라.

그곳에 자리한 모두의 마음이 가슴 찡한 감정들로 가득 차는 순간이었지만 그 순간에도 우리는 일사불란하게 움직이며 대통령과의 간격을 삼보 이내로 좁혔다. 최대한 빈틈을 줄이기 위하여.

곧이어 장병들이 기다리는 식당으로 이동. 이곳에서 나눈 대화는 자이툰 부대 장병들이 역사 앞에 선 대한민국 국민의 한사람으로서 자부심을 한껏 느끼는 자리였음에 틀림없으리라.

조찬을 마치고 행사장을 떠나는 대통령은 발걸음이 차마 떨어지지 않는 듯 보였다. 나라의 아들과 딸 들을 전쟁터에 남겨두고 돌아가야 한다는 사실이 얼마나 미안하고 안타까웠을까.

한편, 행사가 진행됨에 따라 분위기는 점점 고조되어 걱정스럽기까지 했다. 군중의 흥분심리는 경호관들에겐 늘 부담스러운 일이다. 바깥의 위험요소뿐만 아니라 내부의 돌발요소에도 긴장을 늦출 수가 없기 때문이다. 그런 돌발 상황이 현실로 나타나는 데는 그리 오래 걸리지 않았다.

행사 후 이동 중 한 병사의 고함 소리가 들려와 순간 몹시 긴장했다. 그 병사는 대통령을 향해 뛰어오며 무어라고 외치고 있었다. 순간 경호근무자가 제지했지만, 대통령은 그 병사의 이야기에 귀를 기울였다.

"대통령님과 포옹 한 번 하고 싶습니다!"

대통령은 기꺼이 응했고 그 순간은 언론 보도를 통해 국내에서도 큰 반향과 감동을 불러일으켰다.

예정된 시간이 많이 지체되었으나 자이툰 병원 방문 일정이 남아있었다. 그곳은 현지 이라크 민간인을 치료하는 우리 군 의료진 병원이다. 병원에는 진료를 기다리는 현지인들이 많았는데 경계하는 눈빛과 병원 특유의 냄새로 가득했다. 그 어색한 분위기는 대통령이 건넨 한 마디와 함께 안도의 눈빛으로 변했다.

"베야니 바슈!"('안녕하세요' 라는 뜻의 이라크 아침인사)

이라크인 환자들을 위로하고 병원 의료진들을 격려하던 중, 간호장교 가운데 낯익은 얼굴이 눈에 띄었다.

"공군기 승무원이었던 김 대위입니다."라고 누군가 소개해주자 대통령은 재차 손을 잡으며 "고생 많겠네요."라고 말했다. 김대위는 아무 말 없이 감격의 눈물만 글썽일 뿐이었다.

주둔지의 일정을 마치고 다시 군용기로 돌아가는 길, 이미 너무 많은 시간을 노출했기에 우리 마음은 한층 더 급해졌다. 감동적인 순간들로 인해 대통령 주변 사람들이 다소 안이해지는 듯 보였기 때문이다.

경호 임무와 더불어 우리가 해야 할 일이 더 있었다. 탑승 인원과 적재물, 승무원들까지 그 어느 때보다 꼼꼼히 확인하고 점검했다. 여전히 무장헬기는 우리를 엄호하고 있었다.

수송기가 적정고도에 이르렀을 때 대통령은 조종석을 방문하여 격려하며 그 동안의 수고와 역사적 임무수행의 뜻을 새기는 말을 남겼다.

"세계의 하늘을 누비는 58항공수송단의 안녕과 발전을 기원합니다."

좌석으로 돌아와 앉으며 자이툰 부대원의 방탄복을 입어보고는 걱정 어린 마음을 전하기도 했다.

"이렇게 무거워서 어떡하나."

드디어 모두를 태운 수송기는 무사히 무바라크 공항으로 되돌아왔다. 대통령은 특별기까지 400여 미터 거리를 걷자고 제안했다. 그러나 차량이 안전하다는 경호책임자의 건의와 때마침 흩뿌리기 시작한 비로 인해 차량을 이용했다. 차에 오른 대통령의 시선은 하늘 높이 고정된 채 움직일 줄 몰랐다.

특별기에 가벼운 발걸음으로 오른 대통령을 여사님과 수행원, 기자단, 승무원 모두가 뜨거운 박수와 따뜻한 미소로 맞아주었다. 그제야 기다렸다는 듯이 소나기가 쏟아졌다.

기사송고를 원활하게 마칠 때까지 기다리기로 결정한 대통령은 굵어지는 빗줄기 속에 완전무장으로 경비를 서고 있던 자이툰 부대 장병을 걱정했다. 지상에 있던 경호관에게 그 뜻을 전하며 장병들을 이동시키려 했지만, 그들은 끝까지 임무를 완수하겠다며 정중히 사양했다. 가슴이 먹먹해지는 순간이었다. 대통령의 뜻을 재차 전하며 특별기 날개 밑으로 위치를 옮기도록 설득하느라 애를 먹었다

는 이야기를 후에 들었다.

한국으로 복귀하는 특별기 안에서는 동방계획을 안전하게 끝냈다는 안도감에 모두가 긴장을 풀고 휴식을 취했다. 그러나 수행경호관들은 대통령 내외분이 있는 모든 곳이 근무지이기에 한시도 긴장을 풀 수 없었다.

수행경호관은 해외순방 행사를 단 두 번의 긴 한숨으로 마무리한다. 한 번은 공항에 도착할 때이고, 또 한 번은 청와대 정문을 들어설 때이다.

사무실에 돌아와서 땀에 젖은 방탄복을 교체할 때 격정 속에서 보냈던 시간들이 슬라이드 필름처럼 지나갔다. 아르빌 방문행사는 위험과 어려움이 많았지만 우리 모두에게 소중한 교훈을 많이 남긴 행사임에 틀림없다. 만일 이 같은 일이 또다시 주어진다 해도 결코 주저하지 않고 초연히 임하리라 다짐을 해본다.

대통령 내외분을 비롯한 모든 수행원을 안전하게 경호했다는 것, 전쟁터에서 나라를 위해 고생하는 장병들을 만났다는 것, 국가지도자의 역할과 위상을 높이고 대한민국 국민들의 믿음과 역사적 가치를 위한 일에 미력하나마 일조했다는 자부심을 가슴속 깊이 묻어두었다.

국가와 민족을 위해 맡은 임무에 충실히 임하고 있는 이역만리의 모든 이들에게도 '동방계획'이 영광과 의미 있는 결실로 이어지길 두 손 모아 기원한다.

기내 위성전화를 모두 꺼버릴 수 있습니까?

대한항공 특별기 사무장 신상태

파리 출발 하루 전, 특별기 비행 일정은 변경 없이 진행되는 것이 관례인데 출발 시간이 변경되고 출발 공항도 바뀌는 것에 대해 의아한 생각이 들었다. 게다가 출발 전 공군연락관은 에어 쇼 및 기내 위성 전화를 끄는 방법과 비공식 수행원들이 있는 기내 후방에 마이크 시스템을 설치할 수 있는지 물어왔다.

기내 설비 운영상 위성 전화를 전부 꺼버리면 항공기 위성 추적 장치가 동시에 꺼지는 문제가 발생한다. 마이크도 장비가 없어 설치하기가 어렵고, 에어 쇼는 주전원장치를 끄면 작동하지 않는다고 말해주었다.

"대신 앞쪽 회의실을 사용하면 어떻겠습니까? 마이크도 설치되어 있고 약 50명 정도 수용 가능하거든요."

여러 가지 기내 설비에 대해 물어보는 것에서 무슨 일이 벌어지고 있음을 느끼며 대답했다.

항공기에 모두 탑승하자마자 제1부속 실장이 또 물었다.

"항공기가 이륙하고나서 고도를 잡으려면 얼마나 걸립니까?"

"약15분 후면 가능합니다."

항공기가 거의 고도를 잡을 무렵이었다. 기내 후방 기자단 쪽으로 대통령이 걸어나왔다.

"이 항공기는 서울로 가지 않고 쿠웨이트로 가서 이라크 아르빌에 주둔하고 있는 자이툰 부대를 방문할 예정입니다."

놀라고 당황한 기자들은 일정 변경에 대한 사유를 상세히 알아보려고 다투어 질문을 시작했다. 국가안보보좌관과 NSC 정책조정실장은 자이툰 부대 방문 일정과 내용을 다시 설명하고 극비리 진행되는 계획이라 안전상 보안유지를 위해 기내 위성전화를 금지해 달라고 당부했다.

기자들은 고도를 잡을 때까지 에어 쇼를 상영하지 않은 것을 지적하면서 승무원들은 사전에 알고 있지 않았냐며 질문을 퍼부었다. 승무원들도 금시초문이라서 크게 당황하고 있었지만 곧 상황을 정

리하고 다소 흥분되어 있는 기자단들을 진정시키면서 서비스를 실
시했다.

기자들은 삼삼오오 모여 이 상황을 각 언론사에 어떻게 알려야
할지 계속 논의했다. NSC 측에서 배포한 발표문을 받고 기사내용
작성에 분주했으며 아르빌까지 누가 갈 것인지 몹시 궁금해 했다.
특히 각 좌석에 부착된 기내 위성전화 사용에 대해 서로 감시하는
듯 보였다. 청와대에서는 승무원들에게 기내 위성전화를 사용하는
기자가 있으면 연락해 달라고 요청했다.

쿠웨이트에 도착하기까지 일부 기자들은 승무원들이 사전에 인
지하고 있었는지 계속해서 유도 질문 세례를 퍼부었다. 설사 객실
승무원들은 몰랐더라도 기장은 알았을 것이 아니냐며 자신들이 미
리 알아채지 못한 것에 대해 무척 아쉬워 하는 표정들이었다. 승무
원들도 이륙 후 알게 된 사실로 고민이 많아졌다. 무엇보다 기내에
탑재된 식자재가 부족하여 대체 식사 마련이 시급했다.

쿠웨이트에 도착 후 선발되지 못하고 기내에 남아 있어야 하는
기자들은 탑승 기자 선정에 대해 다소 불만을 토로하고 있었다. 그
가운데 우리는 쿠웨이트에 머무는 동안 필요한 식사를 조달하지 못
해 애를 태웠다. 극적으로 현지 무관의 도움을 받아 미군 기지에서
샌드위치를 급히 조달, 잔류한 승객들에게 서비스했다.

기내에서 기자들은 원고 작성과 기내 촬영에 여념이 없었다. 개
인용 노트북의 배터리를 서로 먼저 충전하려고 기내에 설치된 충전

용 전원 앞에서 작은 다툼을 벌이기도 했다. 방문 일정이 모두 끝나고 비행기가 다시 쿠웨이트를 출발했다. 기사 송고를 모두 마친 기자들도 그제야 한숨 돌리며 어떻게 이런 007 작전 뺨칠 정도로 일이 추진되었는지에 대해 놀라움을 금치 못했다. 대다수 기자들은 대통령의 자이툰 부대 방문을 굉장히 긍정적으로 평가하고 있었다.

서울로 향하며 제공된 두 번째 아침 식사는 비상식량으로 싣고 간 라면과 햇반, 죽 등으로 서비스할 수 있었다.

놀라움과 감격 속에 35시간을 넘게 쉬지 않고 근무한 우리 객실 승무원들에게 큰 박수를 보내고 싶다.

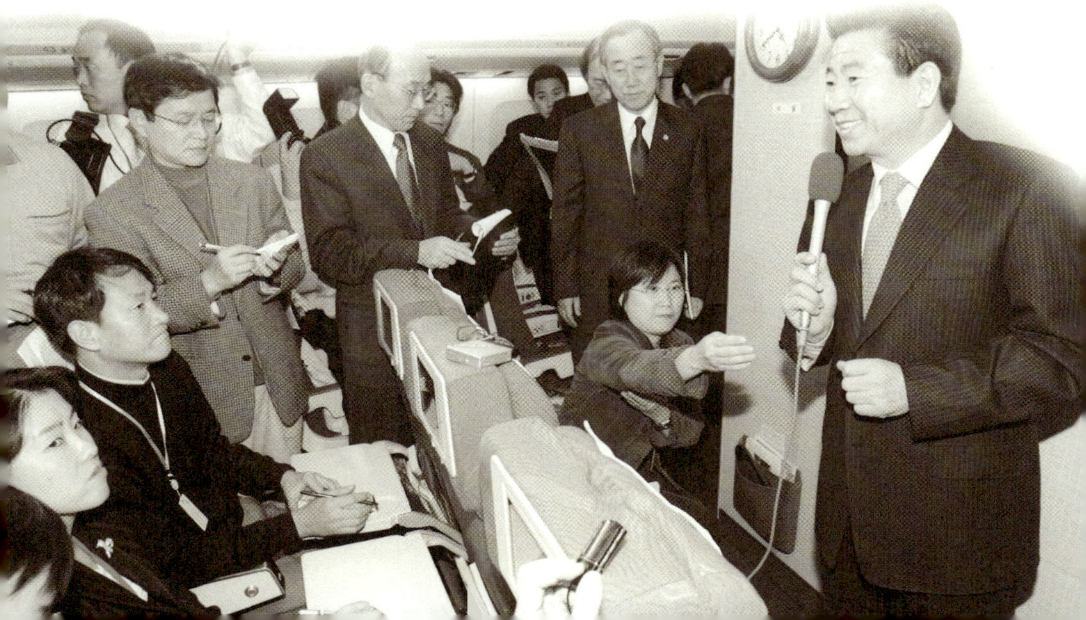

I LOVE KOREA, 하나님께 감사를!

| 대한항공 전용실 승무원 김용숙

나는 첨성대 행사(대통령의 유럽 순방 행사)에서 전용실을 담당한 승무원이다. 1997년부터 약 8년간 CODE 1 행사에 참여했었지만 2004년 12월 행사를 생각하면 지금도 가슴이 떨려온다. 행사가 끝나고 나서야 이 꿈 같던 모든 일이 NSC에서 미리 준비했던 '동방계획'임을 알았다. 그것이 얼마나 여러 사람들의 피를 말리는 작전이었는지 비로소 깨닫게 되자 머리카락이 모두 쭈뼛 서는 느낌이었다.

첨성대 행사의 마지막 장소였던 파리에서 성남으로의 비행을 준비하고 있던 중, 사무장으로부터 연락이 왔다. 출발 예정 공항이 오를리에서 파리 샤를 드골 공항으로 변경. 출발 시간 4시간 지연.

언제나 CODE 1 행사에서는 출발과 도착 시간이 엄하게 지켜졌기에 일정 변경이 다소 생소하게 여겨졌다. 그래도 우리의 목적지가 쿠웨이트로 바뀔 거라고는 상상도 하지 못했다. 그렇게 나도 모르는 사이 긴급 비밀 작전의 한가운데로 들어가고 있었던 것이다.

그런 생각을 하면 지금도 전율이 느껴지곤 한다.

사실 기장들은 항로계획을 짜다보면, 우리보다 먼저 달라진 목적지 정보를 알고 있었을 터였다. 그런데 조금도 내색하지 않던 것을 생각하면 배신감도 잠시, 철저한 보안유지 속에서 이 계획이 진행되고 있다는 안도감이 들었다.

결국 이륙 후에야 전용기의 목적지가 쿠웨이트라는 사실을 알게 되었다.

'아니? 전쟁터에 대통령께서 가시겠다니? 그리고 아무리 철통 같은 비밀이라도 요즘 같은 때에 정보가 새어 나간다면?'

너무 걱정이 되어 잠시 동안은 좀처럼 이해가 되지 않고 믿기지도 않았다. 곧 정신을 차리고 곰곰 생각해보니 이처럼 어려운 결정을 내린 대통령이 얼마나 위대하고 멋져 보이든지.

'파병 나가 있는 군인들이 대통령을 만나뵙게 되면 얼마나 기뻐할까!'

치솟을 사기는 굳이 말로 표현하지 않아도 알 수 있었다. 지극히 어려운 상황임에도 묵묵히 진행시켜나가는 분들을 바라보니 가슴이 벅차올랐다.

쿠웨이트에 도착하니 준비되어 있는 군 수송기가 보였다. 자이툰 부대 군복으로 갈아입고 전용기를 내리는 대통령을 바라볼 때 나도 모르게 기도를 하고 있었다.

"하나님, 대통령께 힘과 용기를 주시고, 여러 위협으로부터 안전하게 보호하시고, 임무를 무사히 마치고 돌아오실 수 있도록 돌보아 주시옵소서."

승무원들은 지상에서 장시간을 대기해야 한다는 사실을 알게 되었고 비행기에 있는 식사로는 서울까지 가기에 다소 부족하다고 판단했다. 결국 현지 공항에서 샌드위치를 급구하여 서비스하는 해프닝도 있었다. 당초 일정보다 많은 식사량을 항공기에 탑재하면 누군가에게든 의혹을 살 수 있다는 판단 아래 보안을 위해 예정된 양만 탑재했던 것이다

샌드위치나 라면 등이 만족스러운 식사는 아니었겠지만 다행히도 모든 분들의 이해와 협조 아래 식사문제는 큰 무리 없이 잘 해결되었고, 모두 한마음으로 대통령 일행이 무사히 돌아오기만을 기다리고 있었다. 그 와중에 기자들에게서 '승무원들은 목적지를 미리 알고 있지 않았냐' 라는 의심을 받기도 했다.

이미 파리에서 쿠웨이트까지 6시간 이상을 비행했고, 지상에서 9시간 대기 그리고 서울까지 8시간 이상 비행을 해야 하는 승무원들. 꼬박 하루가 넘는 시간을 항공기에서 근무해야 했다. 그러나 국가의 큰일에 힘을 보탠다는 보람에 정신을 재무장하고 견뎌낸 승무원들 자세 또한 대단했다.

예정된 시간이 지나고 대통령 일행이 돌아오기로 한 시간이 가까워져 올수록 너무 초조했다. 항공기 밖을 내다보며 자꾸 시계만 보

고 있었다. 저 멀리서 수송기 엔진소리가 들리자 얼마나 반갑던지. 나도 모르게 손뼉을 치며 안도감에 눈시울이 붉어지고 가슴이 뭉클해졌다.

성남 공항 도착, 모든 일은 끝이 났다. 집에 전화를 걸자 부모님은 뉴스를 통해서 이미 소식을 알고 있었다. 걱정도 잠시, 당신 딸이 무척 자랑스럽다고 감격해 했다. 이 작전을 위해 갖은 애를 쓴 분들에게 다시 한번 박수를 보내고 싶다. 이 행사를 통해 나라가 있음에 깊이 감사하게 되었다. 어려움과 역경이 있을 때 하나가 되어 오히려 우리의 국력을 만방에 알리는 행사였기에 더욱 그 의미가 깊은 것이 아닐까.

"I LOVE KOREA!"

코드 1 승무원, 체력 한계 넘어도
서비스는 계속된다

대한항공 객실 승무원 김기태/오경희/정현경

승무원들에게 코드(CODE) 1 항공기의 탑승은 가장 큰 희망사항이자 영광스런 경험이다. 이번 여정은 특히 다른 때와 달리 안데스(APEC) 행사에 이어 첨성대(유럽순방) 행사까지 한 달 정도 기간이 소요되었던 강행군이었으며 긴장감으로 팽팽했던 시간들이었다. 그런 상황에서도 서비스정신을 끝까지 놓을 수 없는 중요한 순간의 연속이었다.

그래도 아르헨티나의 탱고, 칠레의 와인, 쇼팽의 나라 폴란드 등 라틴 아메리카와 유럽이 가진 매력이 그 노고를 덜어주기도 했다. 빡빡한 일정 속에 틈틈이 시간을 쪼개 방문한 국가들을 살짝 눈에 담기도 하면서 몸도 마음도 행복한 피로에 젖어 있었다. 또 오랜 시간 함께 지내다보니 다른 행사 때보다 수행원과 승무원들 간 친분이 두터워지고 정도 많이 쌓였다. 함께 호흡하고 기뻐했고 때론 안타까워하며 이번 여정은 끝을 향해가고 있었다.

 남미의 안데스 산맥을 가슴에 안고 마지막 기착지인 파리에 도착한 승무원들은 안도감과 기나긴 여정을 잘 마무리해 갈 수 있으리라는 자신감에 젖어 있었다. 12월의 파리 날씨는 차가우면서도 의외로 포근하게 느껴졌다.

 프랑스를 떠나기 전날 우리 모두는 길고 중요했던 임무 완수를 눈앞에 두고 마지막 저녁식사를 하며 꽤나 즐거워했다. 저녁식사가 끝나갈 무렵 사장의 마지막 격려사가 이어졌다. 마지막까지 긴장을 늦추지 않기를 거듭 당부하며 역사적인 사건, 역사적인 현장에 있음을 자축했다. 그때까지만 해도 아니 그 다음날 동방계획에 대한 발표가 있기 전까지만 해도 그 '역사적인 사건, 역사적인 현장'이라는 표현이 가리키는 것이 무엇인지 제대로 깨닫지 못하고 있었다.

 드디어 모든 일정이 끝났다. 드골 공항에서 이륙 준비를 하던 중 종전과는 다르게 많은 지원 아이템이 탑재되는 것을 보면서 조금 의아하기도 했지만 좋은 마무리를 위한 준비라는 생각에 그저 기쁘게 정리했다. 이륙 후 승객들이 잠들기 전에 기본적인 서비스를 마무리하기 위해 우리는 너나 할 것 없이 분주히 움직였다.

 첫 번째 식사를 위해 음료를 준비하던 중 계획에 없던 대통령의 기자간담회가 있다는 통보가 왔다. 모든 서비스는 중지되었다. 잠을 청하던 기자들도 서둘러 일어나 타이를 고쳐 매고 카메라 기자들은 바쁘게 장비를 점검했다. 경호관들도 황급히 위치하는 정하는 등 조용하던 기내에 작은 소란이 일었다.

그리고 이내 귀를 의심케 하는 소리가 들리는 것이 아닌가?

"양해를 구하고 싶습니다. 이 비행기는 서울로 바로 가지 않습니다."

그럼 어디로? 제3국 정상회담?

"아르빌에 다녀와야겠습니다."

그렇다. 지금 이 비행기는 서울이 아닌 쿠웨이트로 가고 있는 것이었다.

'아, 철통보안! 말 그대로구나. 한 달 가까이 함께 지내면서도 계획된 작전을 아무도 눈치 채지 못했다니.'

'맞아! 이륙하고 나서 기내 에어 쇼가 나오지 않고 기장님 방송도 없었지!'

승무원들은 놀란 가슴이 진정되지 않았지만 의연하려고 노력했다. 승무원들의 그런 모습을 보고 우리가 미리 이 사실을 알고 있었다고 여기며 질문하는 기자들도 있었다. 지금 생각하니 그런 침착함이 어디서 나왔는지 역시 대한항공 코드 1 승무원들은 다르구나 싶다.

각 클래스별로 회의가 시작됐다. 우리가 가지고 있는 식사의 양은 얼마인지, 음료와 얼음은 얼마나 있는지. 많은 확인에 이어 지시가 내려졌다. 우리는 모든 것을 재정비하기 시작했다. 가야 할 시간은 앞으로 30여 시간, 쿠웨이트에서 지원 가능한 것은 무엇인지에 대해 확인했다. 지원 승무원의 답변은 힘들다는 것이었다. 난감했

" 부시 대통령은 이라크 방문 때 미군들만 만나고 그냥 복귀한 것으로 안다. 한국 대통령님은 현지 환자들의 손을 잡아 주며 쾌유를 빌어주기까지 하니 마치 형제와 같은 친근감을 느꼈다. "

자이툰 병원 현지 환자

미국 등 다른 나라 대통령들은 쿠르드 지역에 관심조차 없는 상황인데, 쿠르드 지역을 직접 방문하는 한국 대통령을 보면서 한국에 대한 호감이 증대되고 있다.

한국 대통령의 방문이 외신을 통해 보도되었기 때문에 아르빌을 전 세계에 알릴 수 있었다며 고마움을 전하는 주민들도 있었다. 일부 주민들은 안전문제로 아르빌 시내를 방문하지 않은 점은 이해되지만 현지 실상을 알릴 수 있는 좋은 기회를 놓쳤다며 아쉬움을 표출하기도 했다.

지역 주민

다. 뭔가 대책이 필요했다.

　모두 그 문제로 머리가 아픈 와중에 한 승무원이 난데없이 자기 약이라며 홍삼액을 꺼내었다. 잠시 고민을 뒤로 한 채 숟가락 하나로 남녀 할 것 없이 홍삼액을 나눠 먹었다. 항상 가족 같던 동료들이 더욱 남다르게 느껴지던 순간이었다.

　갑자기 기내 방송이 흘러나왔다. 대통령 일행이 무사 귀환할 때까지 보안유지를 위해 일체의 전화 사용 및 외부 연락을 중단해 달라는 것이었다. 가슴이 싸해져 왔다. 전장으로 소중한 자식을 보낸 부모들, 사랑하는 가족들. 지금 우리 대통령은 이들을 대신해 그 아들딸을 만나러 전쟁터를 뚫고 가고 있었다.

　얼마나 시간이 흘렀을까? 항공기가 어둠을 뚫고 적막한 쿠웨이트 공항에 내려앉았다. 승객들 얼굴에는 비장함이 흘렀다. 항공기가 완전히 멈추고 문이 열리자 공항에 대기하고 있던 또 다른 항공기의 엔진이 굉음을 내기 시작했다. 대통령 일행이 비행기를 옮겨 타고 아르빌의 자이툰 부대로 떠나고 나자 다시 적막이 찾아왔다. 나머지 사람들과 승무원들은 길고 긴 기다림 속에 놓여졌다. 쿠웨이트의 날씨는 우리 걱정을 아는 듯 서늘한 가을이었다.

　날이 밝자 우리는 다시 한번 놀랐다. 항공기 주위를 국군 장병들이 지켜서고 있는 것이 아닌가? 간단한 음료를 들고 초병에게 다가섰지만 절대 경계의 긴장을 풀지 않는 모습에서 이곳이 전장임을 실감할 수 있었다.

아르빌로 떠난 일행을 기다리는 동안 기내는 기사작성과 보도자료를 녹음하는 기자들 움직임으로 부산했다. 승무원들은 갑자기 연장된 비행시간 때문에 모자란 기내식을 해결하고자 고민했고, 급기야 쿠웨이트 공항에서 샌드위치를 공급받았다. 그 샌드위치 맛을 모두들 잊을 수 없을 것이다.

대통령 일행을 기다리던 사람들 가운데는 여사님이 있었다. 그분을 보면서 속으로 무수히 감탄하곤 했다. 한 남자의 아내로서 얼마나 걱정이 컸는지는 짐작하고 남음이 있다. 그래도 끝까지 웃는 모습을 잃지 않고 오히려 너무 수고 많다면서 승무원들을 염려를 해 주었다.

'아, 어김없는 지도자의 아내시구나.'

대통령 일행이 무사히 돌아오자 기내에 남았던 기자들까지 모두 기사 송고를 위해 인근 호텔의 프레스센터로 이동했다. 기자들이 돌아온 후 비행기는 서울을 향해 이륙했다. 비행기가 완전히 쿠웨이트 상공을 벗어나 안전한 지점에 도달할 때까지 어느 누구도 위성전화 하나 사용하지 않으며 보안을 철통같이 유지했다. '동방계획'이 성공적으로 끝나고 있었다.

나중에 들으니 우리 비행기가 이륙하자마자 쿠웨이트 공항에는 큰 비가 내렸다고 한다. 하늘까지 도왔던 작전이라는 생각이 들었다. 뜻 깊은 행사가 성공적으로 이루어지는 데 일조했다고 생각하니 대한민국 국민으로서의 존재감이 확실해지며 가슴 한쪽이 뜨거

감동의 드라마를 만든 사람들

워졌다. 참으로 잊지 못할 행운이었다.

"이번 행사에 참가하고 노력한 모든 여러분, 고생 많으셨습니다!"

"체력의 한계를 넘어 최선을 다한 우리 객실 승무원들, 사랑합니다!"

우리 조종사들, 정말 믿음직스럽습니다

| **공군 제58항공수송단장** 준장 강대희

2004년 12월, 쿠웨이트와 이라크 아르빌 사이를 비행하는 특별 임무가 우리 다이만 부대로 극비리에 부여되었다.

대통령이 이 위험한 지역을 몸소 방문한다는 결정은 파병 장병들을 현지에서 직접 격려하고자 하는 애정과 의지가 그만큼 강했기에 가능했던 일이었다. 또 대통령 일행 공수 임무가 우리 다이만 부대에 부여되었다는 것은 대통령이 우리 공군과 조종사를 신뢰한다는 방증이기도 했다.

쿠웨이트 현지 파병 후 한 달여 동안 우리 조종사들은 이라크의 바그다드는 물론 탈릴, 알 앗사드, 알쿠트 등 대공 위협이 높은 기지에서 안전하게 임무를 수행해 왔다. 동맹군 가운데서도 작전 능력이 탁월하다고 정평이 나 있어 조종사들은 자신감과 사기가 충천해 있는 상태였다.

그러나 이제까지 그 어느 국가에서도 적대세력의 대공 위협이 있는 해외 전쟁지역 상공을 자국 전력의 전투초계비행이나 엄호비행

없이 국가 최고 통수권자를, 더군다나 전용기가 아닌 수송기에 태운 전례가 없었다.

또 당시 이라크 지역에서 다수의 대공 포탄과 SA-7, SA-9 등 지대공 미사일이 대량 발견되었다는 정보 상황은 에어 포스 원 임무를 큰 고민 속에 몰아넣었다. 대통령을 직접 모신다는 영광도 영광이지만 이 위험한 작전환경을 극복하고 안전이 보장된 가운데 임무를 완수해야 한다는 막중한 책임감이 앞섰다.

임무를 부여받은 후 철저한 보안을 유지한 채 공수임무를 완벽하게 완수하기 위해 이라크 아르빌까지의 비행경로, 방문을 마친 뒤 이라크 아르빌 공항을 이륙하여 다시 쿠웨이트의 무바라크 공항에 안착할 때까지 공군 1호기가 담당해야 할 임무를 세심하면서도 치밀하게 준비하기 시작했다.

2004년 12월 3일 철저한 보안유지를 위해 필수 통신망을 제외하고는 부대의 모든 통신망을 차단한 상태에서 합참 작전본부장 주관으로 관계관들이 우리 58항공수송단 회의실에서 동방계획을 완수하기 위한 분야별 과제 도출과 역할에 대한 협조회의를 했다.

회의 후 우리는 임무 당일 해야 할 일들을 확인하고 비밀리에 관련참모들을 소집, 세부사항을 점검해 나갔다. 당일 항공 작전 통제관 운영과 비행편조 구성, 전장의 위협 회피를 위한 전술기동 실시와 위협 대비 장비 작동 방법 설정, 항공기 정비 및 예비항공기 운용, 당일 기상이 매우 나쁘게 예보됨에 따른 예비 접근 계획, 아르빌 공항 항공기 주기계획 등에 이르기까지 각종 점검 사항을 치밀하게 진행시켰다.

단장이 통제관으로 직접 탑승하여 우발상황에 대비하기로 했으며 당일 발생할 수 있는 모든 가상 상황을 가정하여 조종사들을 반복 집중 훈련시켰다. 승무원 편조는 비행 6천여 시간을 자랑하는 비행대대장에게 임무를 주어 안정감을 높였다. 이착륙 시 위협에 대비한 급격한 전술 기동은 대통령 일행의 안전을 위해 전술 직진입 착륙(Tactical Straight-in) 접근방법을 채택했다. 직접 조종사들과 같이 연습 비행을 실시하면서 접근 경로 결정 및 대공위협에 따른 회피 기동 상태까지 모두 사전 점검했다.

영공 경계를 위한 미군들의 전투초계비행도 계획되어 있었지만 에어 포스 원은 이라크 상공 비행 시 항공기의 외부등을 끄고, 자체 방어 장비를 자동으로 하는 등 외부 위협에 능동적으로 대처할 수 있도록 준비했다.

임무 당일인 2004년 12월 8일 새벽, 기상이 좋지 않으면 모든 일이 수포로 돌아갈 수도 있는 상황. 비행에 그다지 좋은 조건이 아닌 듯했는데 점차 날씨가 좋아져 임무수행에는 문제가 되지 않았다. 하늘의 도우심이 있었던 것 같다. 임무 직전 초유의 일을 앞두고 긴장한 조종사들을 힘껏 격려했다.

"지금 이곳에 여러분보다 더 나은 조종 실력을 가진 사람은 없다. 미군 및 동맹국 모두가 인정하는 실력 아닌가. 긴장하지 말고 평소

해왔던 것처럼 잘 해주기 바란다.”

대통령 일행이 전용기에서 C-130 수송기로 옮겨 탄 후 공항의 어둠을 뚫고 이륙한 항공기는 2시간여의 전술 비행 후 이라크의 아르빌 공항에 안착했다. 절반의 임무가 성공적으로 진행된 것이다.

자이툰 부대 격려 방문을 성공적으로 마치고 이라크 아르빌 공항을 이륙하여 쿠웨이트로 돌아오는 중 대통령은 바그다드 상공에서 조종석까지 올라왔다. 그리고 이역만리 떨어진 전쟁지역을 대한민국 공군 수송기로 비행하는 데 대한 흐뭇한 마음을 전하면서 말했다.

“우리 조종사들, 정말 믿음직스럽습니다!”

이윽고 쿠웨이트의 무바라크 공항에 대통령이 탄 1호기와 수행원들이 탑승한 2호기가 모든 임무를 완수하고 안착했다. 대통령은 조종사와 승무원 모두에게 치하와 격려가 담긴 따뜻한 악수를 건넸다. 국내 파병사상 처음으로 전장에서 우리 대통령을 우리 C-130 항공기로 수송하는 임무가 성공적으로 종료되었다.

동방계획이 무사히 끝난 후 조종사와 승무원 및 부대원 모두가 자신감으로 충만하여 감격해 하던 모습을 잊을 수가 없다. 머나먼 사막의 나라 쿠웨이트에서 대공위협이 실재하는 지역을 오가며 에어 포스 원 임무를 완수해낸데 대한 자부심과 자신감. 그리고 이 위험 지역을 방문하여 장병들을 격려한 대통령의 관심과 사랑에 감사하고 감격했다.

　‘동방계획’의 성공은 투철한 사명감과 책임감으로 치밀하게 노력한 정부관계자들이 있었고, 충성과 희생을 영광으로 알고 파병의 어려운 여건에서도 전광석화와 같이 한 치의 오차도 없이 임무를 수행한 58수송단의 정예장병들이 있었기에 가능하지 않았을까.

　모두에게 감사한 마음을 전하며, 우리 다이만 전 장병들은 ‘동방계획’ 성공을 영원히 영광으로 간직함은 물론 한 차원 높은 자신감으로 승화시켜 더욱 완벽한 임무수행을 다짐하고 있다. 대한민국의 영원무궁함과 다이만 부대의 파이팅을!

우리 공군 수송기로 동방계획을 싣고 날다

| 공군 제58항공수송단 소령 임호진

드디어 수송기가 먹구름으로 뒤덮인 쿠웨이트의 무바라크 공군 기지에 안착해 대통령의 격려와 악수를 받았다. 기념 촬영을 한 뒤 대통령을 태운 특별기가 공항을 이륙하고 나서야 우리는 비로소 긴장을 풀 수 있었다. 비행 승무원 모두는 역사적인 대통령 공수 임무를 성공적으로 수행한 데 대해 가슴 가득한 자랑스러움과 진한 성취감을 느꼈다. 국내에서도 여러 번 공수 임무를 해 보았지만 이곳에서는 상황이 크게 달랐다.

이라크 지역은 아직도 대공위협과 전투가 진행되고 있는 실제 전장이었다. 이런 지역에서 대통령을 모시고 이라크의 아르빌까지 다녀와야 하는 우리로서는 한시도 긴장을 풀 수 없었다. 이전에도 아르빌은 물론 바그다드까지 수많은 비행 임무를 성공적으로 수행한 경험은 있었다. 그러나 이번 임무는 한 치의 방심이나 허점도 용납될 수 없는, 그야말로 극도의 안전과 보안을 요하는 임무였기 때문이다.

우리는 비행 중 가능한 모든 상황을 가정해 대비했다. 대통령을 모시기로 한 1번기 조종사들은 특히나 임무의 막중함을 되새기며 완수에 대한 결의를 다지고 조종에 임했다. 머나먼 황량한 사막의 나라 쿠웨이트에서 극비리에 실행된 이 작전의 암호명 '동방계획' 그 역사적 사건의 한가운데 우리 공군이 있었고 또 내가 있었다.

이번 임무에는 비행 통제관으로 단장이 동승해 마음 든든했고 1호기 정조종사는 비행대대장이, 부조종사는 작전계장인 내가 담당했다. 올해로 군대생활 10년째인 나로서는 무한한 영광이 아닐 수 없었고 대단한 자부심을 갖게 되었다. 우리는 힘찬 엔진소리와 함께 활주로를 이륙했고 드디어 이 먼 열사의 땅에서 'ROKAF Air force One'이 되어 하늘로 날아올랐다.

대통령이 자이툰 부대 순시를 마치고 다시 항공기에 탑승하자마자 최단 시간에 재이륙, 급상승해 안전 고도인 2만 1000피트에 도달했다. 이때 대통령은 친히 조종석으로 올라와 직접 헤드세트를 착용해보며 말했다.

"우리 공군 조종사를 보니 마음이 참 든든합니다."

이 먼 전쟁터 상공에서 조종사로서 이보다 더한 칭찬과 격려는 없을 것이라고 느꼈던 순간이었다.

우리는 군인이기에 파병의 당위성이나 필요성 등은 판단하지 않는다. 다만 국익을 위한 결정과 명령에 따를 뿐이다. 대통령은 '국민을 대신해 이라크 파병 장병들에게 감사한다'고 말했다. 우리도

'국민을 대신해 이곳 이라크에서 충실히 임무를 수행 중'이라고 말하고 싶었다. 정말 '우리가 대한민국이다'라는 외침이 실감나는 하루였다.

그날은 우리 58항공수송단이 전쟁지역에서 진정한 '에어 포스 원'이었다.

취재물 송출 때까지는 아는 바가 없었다

KBS 기술지원팀 정인규/김은식

출장 목적이 취재물 송출이라는 것만 알고 쿠웨이트행 비행기표를 받았을 때 007 작전에 가담하는 느낌이었다. 12월 8일 송출 당일 취재물 테이프를 받아들고 송출하면서 비로소 대통령의 자이툰 부대 방문 사실을 알았으니 내가 둔한 것인지 관계자들의 철저한 보안유지의 성과인지 모를 일이다.

12월 2일 보도본부장으로부터 업무 내용에 대한 아무런 사전 설명도 없이 출장 명령이 떨어졌다. 얼마나 긴박한 일인지 사전 행정 처리도 생략한 채 국제회의에 참석한다며 해외 출장을 떠나게 된 것이다.

떠나기 전 위성 송출 서비스가 가능한 현지 업체 두 곳을 수배, 쿠웨이트 국영 KTV와 'Gulfsat'이라는 위성 송출 회사에 이메일로 사전 정보 및 연락번호를 주고받은 후 업무상 필요한 장비(베타캠 SX 편집기 1조 및 스캔컨버터 1대) 일체를 준비했다. 외교부 관리로부터 도움이 필요한 사항이 있으면 요청하라는 전화 연락도 받았다.

12월 5일 진행 업무에 대해 철저히 함구할 것을 재차 확인받은 후 동행자와 함께 비행기에 오르게 되었다. 공항에서 외교부 관리를 만나 쿠웨이트까지 동행했다. 12월 6일 오전 현지 도착 후 NSC 소속 담당과장 및 홍보수석실 담당과장을 만났으나 업무 내용에 대해서는 여전히 한 마디도 듣지 못했다.

호텔 체크인 후 관계자들 모두 함께 쿠웨이트 국영방송 KTV를 방문하여 시설 답사 및 위성 송출 가능 여부를 알아보았다. 쿠웨이트에서 아랍방송연맹(ASBU) 위성을 이용하여 영국까지 보내고 영국에서 다시 위성을 이용하는 더블홉 방식으로 한국까지 전송해야 하는 상황이었다. 전송회선이 NTSC 신호를 수용할 수 없으니 컨버터가 필요하다고 했다. 컨버터를 비상용으로 준비한 것이 얼마나 다행이었는지 모른다.

12월 7일 오전 홍보수석실 담당과장으로부터 위성 송출 일시를 통보 받았다. 이어 아랍방송연맹 및 영국 브리티시 텔레콤에 위성

청약을 요청했다. 그런데 당일 오후 다시 홍보수석실 박 과장으로부터 위성시간을 변경하라는 요청을 받게 되었다.

12월 8일 4시 50분 KTV 주조정실에 도착하여 장비 세팅을 완료하고 대기하고 있다가 6시 20분쯤 NSC 박 과장으로부터 촬영테이프 8개를 넘겨받았다. 그때부터 8시까지 위성 송출을 시도했으나 시간이 부족하여 다시 1시간을 추가 청약, 재송출하여 업무를 마쳤다. 관계자들의 초조한 낯빛만이 긴박함을 느끼게 할 뿐 송출 때까지도 송출 내용에 대해 들은 바가 전혀 없었다.

통상적으로 VIP 행사는 1개월 전부터 준비하는 게 보통인데 이번엔 그야말로 최단기일에 위성청약 및 송출업무을 해낸 것이다. 후에 준비 시간이 너무 부족했는데도 성공적이었다는 평가를 받았고 아무것도 모른 채 이렇게 큰 업무를 성공적으로 수행하게 되어 무척 기쁘고 도와주신 분들에게 감사할 따름이다.

오히려 우리 병사들로부터
더 큰 위로의 선물을 받은 대통령

| **문화일보 차장** 한종호

2004년 12월 8일 새벽 4시(한국시간) 노무현 대통령 내외와 수행원 및 기자단을 태운 대한항공 특별기가 프랑스 파리 샤를 드골 국제공항의 활주로를 힘차게 밀어내며 떠오르는 순간, 좌석 여기저기에서는 약속이나 했던 것처럼 환호성이 터져나왔다.

"아, 이제 드디어 집으로 가는구나."

그 해 11월 12일부터 23일까지 계속됐던 남미 3개국 순방, 그리고 나흘간의 짧은 휴식 후 11월 28일부터 10박 11일간 계속된 아세안+3 정상회의 참석 및 유럽순방의 모든 일정이 막을 내리는 순간이었기 때문이다. 좀더 거슬러 올라가 9월의 러시아와 카자흐스탄 방문(9.19~23), 10월의 인도와 베트남 방문(10.4~12)까지를 포함하면 청와대 출입기자단은 2004년 하반기에만 3개 대륙 11개 국가를 돌며 무려 37일간의 장기 출장을 다녀야 했던 것이다.

불편한 좌석과 느끼한 기내식에 진저리를 치며 귀가의 꿈에 젖은 것도 잠시였다. 이륙 35분 후 비행기가 정상고도에 오르고 좌석벨트를 매라는 사인이 꺼지면서 승무원과 승객들이 어수선하게 움직이기 시작할 무렵, 갑자기 김종민 대변인이 상기된 표정으로 기자단 좌석에 나타났다. 대통령이 갑자기 기내간담회를 갖기로 했다는 것이다. 출발 직전까지만 해도 청와대 측이 기내간담회는 없을 것이라며 마이크도 일부러 준비하지 않았다는 사실을 잘 알고 있었던 기자들의 입에서는 '갑자기 무슨 기내간담회냐'는 의문이 새나왔다.

자리를 채 정리하기도 전에 권진호 국가안보보좌관 등 참모들과 함께 나타난 대통령은 통로에 선 채로 마이크도 없이 말을 꺼냈다.

"여러분 라오스에서 파리까지 정말 수고가 많았습니다. 참 힘들었지요? 여러분 보기에는 어떤가요, 잘 된 것 같은가요?"

기자들이 분위기 파악이 잘 안 된다는 듯 서로 얼굴만 쳐다보며 선뜻 대답을 하지 않자 대통령은 어색한 웃음을 지으며 말했다.

"그냥 표정으로 읽을게요."

"이제 서울로 돌아가는 일만 남았는데 기자 여러분에게 한 가지 양해를 구해야겠습니다."

대통령이 갑자기 화제를 돌렸다. 잠시 머뭇거린 뒤 대통령은 폭탄선언을 했다.

"이 비행기가 서울로 바로 못 갑니다. 쿠웨이트에 들러 아르빌을 다녀와야겠습니다."

이어 권진호 국가안보보좌관이 사전에 충분한 시간을 갖고 알리지 못한 것을 양해해 달라면서 철저한 보안유지를 당부했다. 윤병

세 NSC 정책조정실장도 기내 방송을 통해 거듭 보안을 당부했다. 외국 정보기관이 감청을 할 수 있다는 이유로 기내 위성전화 사용도 즉각 금지됐다. 윤 실장은 긴장이 지나쳤던지 심하게 말을 더듬었고 결국 재방송까지 해야만 했다.

너무도 놀라운 이야기에 귀국의 기쁨으로 들떠있던 특별기는 순식간 팽팽한 긴장과 흥분에 휩싸였다. 느닷없이 종군기자가 돼버린 기자들은 당황할 여유도 없이 곧 바로 풀기자단 구성에 들어갔고 기내에 잔류하게 된 기자들은 NSC에서 제공한 자료를 토대로 서둘러 기사계획을 세우고 배경 취재를 하느라 법석을 떨어야 했다.

기자단은 필자를 비롯한 연합뉴스 고형규, 한국일보 김광덕, 내일신문 남봉우, 한국경제 허원순 등 펜기자 5명, KBS 이강덕, MBC 이재훈, SBS 신경렬, YTN 유재웅, MBN 정운갑 등 방송기자 5명, 사진기자 5명, ENG 기자 6명, 전속 4명, K-TV와 국정홍보처 각 1명 등으로 구성됐다.

이렇게 시작된 노 대통령의 자이툰 부대 방문 덕분에 특별기는 예정된 시간을 14시간 20분이나 넘긴 12월 9일 오전 5시 30분에야 서울공항에 도착할 수 있었다. 출장 일수는 38일로 늘어났다.

같은 날 오전 10시 30분(현지 시간 4시 30분) 어둠을 뚫고 쿠웨이트의 알 무바라크 공군기지를 떠난 두 대의 C-130 허큘리스 수송기는 830킬로미터를 날아 2시간 20분 뒤 어둠이 채 가시지 않은 아르빌 공항에 사뿐히 착륙했다. 사전 취재준비를 위해 27명의 풀 기자단이 탑승한 2호기가 먼저 도착해 부대에서 대기하고 있는 동안 대통령과 수행원 및 경호요원을 태운 1호기가 활주로에 내려왔다.

한국에서 특별히 파견된 96인승 C-130 수송기는 요격을 피하기 위해 아르빌 상공에 이르러서야 고도를 급속히 낮추기 시작했고 착륙 직전까지도 소총 공격을 피하기 위해 기체를 좌우로 흔들며 곡예비행을 계속했다. 마치 처음 타보는 놀이기구 같은 느낌이었다. 공군 승무원은 "오늘은 특별히 점잖게 한 겁니다."라며 그렇잖아도 잔뜩 긴장해 얼굴이 하얘져 있는 기자들의 기를 팍 죽였다.

탑승자 전원에게는 자이툰 부대원들이 사용하는 방탄복과 방탄 헬멧이 지급됐다. 나중에 들은 얘기지만 우리가 탄 수송기 외곽에서는 미군 전투기 4대가 엄호비행을 하고 있었고 지상에서는 아파치 헬기 1개 편대가 저공비행을 하며 만일의 사태에 대비하고 있었다고 한다.

아르빌 공항은 사방 어디를 둘러봐도 허허벌판이었다. 사람이 살기 시작한 지 6천년이 넘었다는 세계 최고(最古)의 도시 아르빌의 모습은 어디에서도 볼 수가 없었다. 구름이 낮게 깔린 음산한 하늘에서는 빗방울이 흩뿌렸고 포장이 되지 않은 도로 군데군데에는 물웅덩이가 만들어져 있었다. 기온은 영상 4도로 야전 점퍼에 20킬로짜리 방탄복까지 껴입었는데도 옷깃 사이로 한기가 파고들었다. 우리 장병들이 사막 한가운데에서 땀방울을 흘리며 고생을 하고 있을 것이라는 막연한 상상으로 그려봤던 이미지와는 너무도 다른 진흙벌판 풍경에 괜히 웃음이 났다.

흥분과 긴장과 어둠과 쌀쌀한 날씨에 잔뜩 움츠려 있던 분위기는 지프차를 타고 아르빌 공항에서 2.5킬로미터 떨어진 자이툰 부대 위병소를 통과하면서부터 180도 바뀌기 시작했다. 우리 앞에는 오래도록 잊혀지지 않을 120분간의, 짧지만 감격적인 만남이 기다리고 있었던 것이다.

부대에 도착한 대통령은 지휘통제소에서 황의돈 사단장으로부터 부대 현황과 이라크 정세에 대해 보고를 받은 뒤 자이툰 부대의 민사작전 활동을 담은 10분짜리 비디오를 시청했다. 그런데 이 비디오가 아주 물건이었다. 판에 박은 듯한 보고형식을 버리고 아들을 이라크에 보낸 어머니 이야기로부터 시작해 장병들의 현지 활동상까지를 경쾌한 배경음악 속에 스케치로 담은 그 비디오는 보는 이로 하여금 눈시울을 뜨겁게 만드는 뭔가를 담고 있었다. 그러나 이 비디오는 이날 행사의 애피타이저에 불과했다.

식당으로 자리를 옮긴 대통령을 기다리고 있던 것은 장병들의 뜨거운 함성과 열렬한 박수소리였다. 황색 조명 속에 황색 사막전투복을 입은 병사들의 구릿빛 얼굴은 국방색 전투복의 생경한 느낌과는 달리, 의외로 편안하고 따뜻한 분위기를 연출하고 있었다. 이날의 조찬행사는 통상의 군대식 행사와 마찬가지로 정해진 시나리오에 따라 진행됐다. 그러나 그 느낌이나 열기는 일반적인 부대 방문

행사와는 전혀 다른 것이었다.

병사들은 마치 자신들의 우상인 스타를 만난 팬클럽 회원이나 된 것처럼 들뜬 모습이었다. 그날 현재까지 약 1,400명의 미군 병사가 목숨을 잃은 사지(死地)에 파견돼 있는 병사들이라고는 믿어지지 않을 정도로 그들은 밝고 환하고 낙관적이었고 또 자유분방했다. 공포와 외로움 때문에 잔뜩 위축돼 있을 것이라는 우리의 예상은 보기 좋게 빗나갔다. 식사도 아주 좋았다. 특식임을 감안하더라도 밥과 소고기무국에 갈비찜, 배추겉절이, 김치, 나물, 오징어볶음까지 식판이 그득했고 맛도 뛰어났다.

병사들은 자신의 동료들이나 대통령이 발언할 때마다 제 기분대로 함성을 지르고 박수를 쳤다. 그런데 그 모습이 전혀 무질서해 보이지 않고 오히려 뜨거운 분위기를 만들어냈다. 그런 열기는 대통령에게도 그대로 전달됐다. 즉석 연설을 마치고 중앙통로를 걸어 나오며 양쪽에 도열한 병사들과 악수를 나누는 대통령의 얼굴은 벌겋게 상기돼 있었다. 뒷줄에 서 있는 병사들은 대통령의 손을 잡아 보기 위해 앞 사람 어깨 너머로 손을 내밀기도 했다. 마치 대중의 사랑을 가득 받는 어느 정치인의 유세장 같은 모습이었다. 그런 분위기 속에서 그 유명한 사고가 발생했다.

내무반 순시를 마치고 100여 명의 장병과 기념 촬영을 한 뒤 비탈길을 걸어 내려오는 대통령의 등 뒤에서 한 병사가 대통령을 불렀다.

“대통령님, 한번 안아보고 싶습니다.”

병사가 뛰어나오자 수행경호관이 제지했지만 대통령은 “괜찮아요”라고 말하며 이 병사를 깊게 껴안고 대통령 당선 이후 가장 밝고 큰 웃음을 지었다. 바로 그 순간을 포착한 문화일보 박상문 기자의 사진은 9일자 모든 조간신문의 1면을 장식했다. 감격의 포옹을 마치고 자이툰 병원으로 향하는 지프차에 올라 탄 대통령의 볼에는 자신도 모르게 뜨거운 눈물이 흘러내리고 있었다. 차창 밖에서는 카메라가 이 순간을 놓치지 않고 있었다. 이 두 장의 사진은 이날 전격적으로 이뤄진 대통령의 자이툰 부대 방문에 담긴 모든 것을 웅변으로 말해주었다. 연말을 맞아 이역만리에서 고생하는 병사들을 위로하겠다며 특별기의 기수를 돌렸던 대통령은 오히려 자이툰 병사들로부터 더 큰 위로의 선물을 받았던 것이다.

비가 내리는 쿠웨이트 공항으로 돌아오는 수송기 안에서 대통령은 수행원들 한 명 한 명의 손을 굳게 잡았다. 그의 가슴 속에는 이날 식당에서 “내가 대한민국이라는 사실을 잊지 않고 자부심을 갖고 근무하겠습니다. 잘 지켜봐 주십시오. 대통령님 사랑합니다.”라며 두 팔로 하트를 그려보이던 이원경 병장의 모습이 오래오래 남아 있을 것 같았다. 이 모든 장면을 지켜본 반기문 외교부장관은 권진호 국가안보보좌관에게 “대통령께서 (국빈 방문한 영국 런던에서) 황금마차를 타셨을 때보다 기분이 더 좋으실 것 같다.”고 말하기도 했다.

작전명 '동방계획'으로 불렸던 자이툰 부대 방문은 참으로 긴박한 흥분의 연속이었지만 돌아온 뒤에는 마치 잘 짜인 한 편의 드라마처럼 기억에 남게 됐다.

돌이켜 보면 특별기가 파리를 떠나기 전 뭔가 이상한 예감을 주는 신호가 몇 가지 있긴 했다. 우선 출발 시간이 뚜렷한 이유 없이 4시간이나 늦춰졌다. 청와대 측은 예정에 없던 상원의장 방문 일정이 추가돼 불가피하게 전체 일정이 지연됐다고 핑계를 댔다. 설사 그게 사실이라 하더라도 특별기의 출발이 4시간씩이나 지연된다는 것은 상식적으로 납득하기 어려운 일이었다. 나중에 알고 보니 아르빌 공항에는 야간 관제시설이 없어 주간(오전 7시~오후 4시)에만 착륙이 가능하기 때문에 시간을 맞추려고 파리에서의 출발 시간을 조정했던 것이다.

또 파리에 도착할 때 오를리 공항에 내렸던 비행기가 출국할 때는 이상하게도 시내 반대편에 있는 샤를 드골 공항에서 우리를 기다리고 있었다. 청와대는 오를리 공항 사정 상 비행기를 며칠간 세워 둘 곳이 마땅찮았다는 해명을 했지만 특별기가 무슨 버스도 아니고 같은 파리 시내에서 이쪽저쪽을 옮겨다닌다는 것 자체가 우스꽝스러운 일이 아닐 수 없었다. 이 역시 특별기의 코드 전환을 위한 고육책이었음을 나중에 알게 됐다.

마지막 신호는 기내간담회를 둘러싸고 청와대 공보팀과 기자들 간에 벌어진 언쟁이었다. 이날 파리를 떠나기 몇 시간 전부터 기자들 사이에는 기내에서 대통령 기자간담회가 있을 것이라는 소문이 밑도 끝도 없이 나돌았다. 기자들의 확인 요청이 계속 이어지자 김종민 대변인은 전혀 계획이 없다며 거듭 부인했다. 급기야 저녁 무렵 한 방송기자가 또다시 기내간담회 얘기를 꺼냈다가 이를 거칠게 부인하는 김 대변인과 얼굴을 붉히는 지경에까지 이르렀다. 당시엔 그저 서로 피곤해서 신경이 날카로워졌구나 생각했다.

결국 이런 신호들도 이미 모든 송고를 마치고 사랑하는 가족들의 손에 쥐어줄 묵직한 쇼핑백을 어루만지며 귀가의 단꿈에 젖어있던 기자들의 취재 욕구를 자극하지는 못했다.

기자로서 대통령의 드라마틱한 자이툰 부대 방문 현장을 지켜볼 수 있었다는 것은 분명 행운이고 보람이었다. 하지만 대통령이 아르빌 방문 계획을 스스로 밝힐 때까지 기자들 가운데 아무도 이를 눈치 채지 못했다는 것은, 정부 관계자들의 완벽한 보안유지 능력을 높이 평가하는 것과는 별개로, 기자 입장에서는 안타까운 대목이 아닐 수 없다.

철통보안, 기자로서 물먹었지만…

│ **한국경제신문 정치부 차장** 허원순

"웬만하면 그냥 가시자고 하지."

대통령이 동승한 취재기자석 쪽으로 건너온다는 알림이 있자 피곤한 모습들로 3등석에 진치고 있던 기자들 입에서 나온 반응이었다. 환영보다는 조용히 가고 싶다는 표정들이 역력했다.

대륙을 이동하는 열흘 취재 여행, 그 직전에 남미순방도 있어 3개월여 동안에 동가숙 서가식이었으니 지칠 만도 했다. 체력은 어느 정도 자신 있던 나도 잇단 순방이 힘겨웠다. 귀국길, 긴장이 풀리면서 피곤은 몰려왔고 미리 작정한 대로 비행기에 오르면서 수면제 한 알을 얻어둔 터였다.

게다가 정상회담은 기본이고 각종 연설 행사에다 큼직큼직한 기삿거리가 될 만한 내용이 나온다 해서 한때 공포간담회라고 불리기도 했던 동포간담회 등으로 노 대통령의 발언 하나하나에 신경을 곤두세워온 기자들이었다. 그렇다보니 대통령이 '뭔가 직접 하실 얘기가 있다'는 참모들 말에 비행기 내리자마자 기사부터 써야 되는 것 아니냐고 생각하는 듯했다.

그러나 푸념도 잠시, 한 자리씩 사이를 띄고 앉았던 기자들이 좁은 기내 중앙으로 모여든 것과 대통령이 모습을 나타낸 것은 거의 동시였다.

"여러분한테 좀 미안한 양해의 말씀 하나 구하고 싶습니다. 이 비행기는 서울로 바로 못 갑니다."

2004년 12월 8일 오전 4시 35분, 일순간 물을 끼얹은 듯한 정적. '동방계획'은 최초 기획자도 공식 발표자도 대통령이었다. 대한항공 특별기는 불과 30여 분 전 파리 샤를 드골 공항을 이륙, 기내의 안전벨트 착용 사인등이 막 꺼지고 장거리 운항궤도에 오를 때쯤이었다.

순간적인 정적은 대통령이 깼다. 국군 자이툰 사단이 주둔 중인 이라크 아르빌로 간다는 것이었다.

"8일 도착한다고 기사들을 썼을 텐데. 그 오보는 국민이 다 양해하고 받아주지 않겠습니까. 빨리 송고하고 싶겠지만 아르빌에서 돌아올 때까지 (보도 자제를) 도와주십시오."

놀라움이 가시지 않은 상황에서 기사를 쓰고 처리할 생각에 대통령의 당부는 그대로 귓전을 스치고 지나갔다.

마음과 몸이 바빠진 것은 그 다음부터였다. 권진호 보좌관의 경과 설명이 있었고, 실무자들은 극비리에 준비해온 행사관련 자료를

나눠줬다. 보안을 위해 기자들에게 주는 자료에 개별 일련번호까지 매긴 것이었다.

우여곡절 끝에 기자들 가운데 아르빌 현지로 들어갈 기자(일명 풀 기자)가 선정됐다. 운이 좋았던 것인지 처음부터 '꼭 가고 싶다, 반드시 가리라'라는 염원이 효과를 봤는지, '아르빌 다녀오면 기사 작성하고 송고하는 데 시간이 없을 것'이라며 풀 기자 숫자 줄이기에 적극 나선 홍보 실무자들의 압박을 물리치고 결국 C-130 수송기까지 타게 됐다.

쿠웨이트 미 공군기지에서 미리 엔진에 불을 붙이고 대기하고 있던 수송기에 올라 굉음 속에 헬멧과 군복 위엔 두툼한 방탄조끼까지 착용하면서 미명의 중동 하늘로 솟아오를 때서야 '이거 장난이 아니구나' 하는 생각에 흥분이 일었다. 옆 좌석에서 누군가 "비행기는 뜨고 내릴 때가 가장 위험한 거야. 총 쏘아대면 그냥 안으로 들어온다구." 하는 말을 들으며 노트북 컴퓨터를 켰다. 쿠웨이트로 이동하는 시간에도 미리 쓸 수 있는 기사는 써두자며 배터리를 아껴가면서 기사를 써 온 터였다.

팔레스타인 지역의 예리코와 더불어 중동지방 최고도(古都)라는 아르빌의 관문 공항은 작아보였다. 그저 그렇게 보였을 뿐 터미널이 있기나 한지, 활주로는 몇 개인지 볼 여유도 없었다. 삼엄한 경계 속에 취재단은 준비된 차량에 옮겨 탔고 이른 아침 낯선 들길을 달려갔다.

장면 하나 막사 건물 하나라도 놓치지 않으려고 부지런히 시선을 돌리는 사이 어느새 사단 지휘통제실. 쿠웨이트에서 작전지 아르빌까지 3박 4일간 아무런 사고 없이 이동한 건각들의 장정을 담은 기록과 아르빌에서 몇몇 민사작전을 찍은 10여 분의 기록물을 보는 사이 몇 차례나 가슴이 컥컥 메었다. 취재단뿐이랴. 공식 격려방문단 모두가 코끝이 찡해지고 목이 메었으리라.

단순히 기술적으로 평가하자면 꽤 잘 만든 영상물임이 분명했다. 전문가들이 정성을 들여 만든 것으로 보였다. 그러나 단지 그것만이 아니었다. 이국땅, 전장의 사막이라는 점, 극적인 방문 등 여러 요소를 감안하더라도 그 영상물의 내용 자체가 감동거리였다. 내용이 없는데 분위기 조성과 재주만으로 잠든 감성을 일깨우고 마음 깊숙한 곳까지 흔들기는 어려운 일 아닌가. 장병들은 계급의 높고 낮음을 떠나 그곳에서 제 몫을 하고 있고, 그 먼 곳에 이르기까지 핏방울만큼이나 진한 땀을 수없이 흘렸으리라.

본행사격인 조찬이 진행된 12여단 식당에서는 사막의 함성이 폭발했다. 군기가 제대로 든 것인가. 정이 그리웠던가. 명령에 살고 명령에 죽는 젊은 군인들에게 명령계통상 최고 정점에 있는 국군통수권자와 나란히 앉아 같은 아침밥을 먹는다는 게 조금은 들뜨게 한 것일까. 6백여 청년들의 환호가 땅을 흔드는 듯했다.

인사말 등에 이어 식사 시작, 취재 반 호기심 반으로 외곽을 돌며 몇 명의 장병들에게 거듭 물어봤다.

"자네들 평소에도 이렇게 잘 먹나. 부족해 보이진 않은데."

"평소에 이보다 더 잘 먹습니다. 오늘은 오히려 덜 좋은 편입니다."

모두 비슷한 대답이었다. 특전사 부사관들이 묵는 막사에 들어가서는 에어컨도 봤다.

'그래 잘살자. 나라가 잘살아야 한다. 잘살아 젊은 저들 건강하고 힘나도록 잘 먹이고 잘 재우자. 그게 국력이고 그 힘이 사막 한가운데 한국의 섬을 만든 것 아닌가' 하는 생각은 '앞으로 쿠르드족이 독립하면 여기야 제2의 한국 아니겠나. 우리도 중동 교두보 하나쯤은 있어야지' 라는 데까지 이어져 갔다.

기자들끼리 담당을 대충 정하고 나는 조찬 후 방문 코스인 특전사 막사를 주로 챙기기로 했다. 막사를 나서는 순간 반가운 얼굴을 만났다. 마치 중동사람 같은 구릿빛 얼굴의 고등학교 동창, 전병규 중령이었다. 명찰을 보지 않았다면 나를 먼저 부른 그를 알아보지 못했을지 모르겠다. 한참 동안 잡은 손을 놓지 못했다. 육사를 나온 그는 정훈 업무에 주로 복무했다. 그의 부탁으로 육군 책자에 글을 쓴 적도 있었는데 자주 보지 못해도 늘 듬직하게 여겨지는 동창이다. 그런데 전혀 예상도 못한 곳에서 만난 것이다. 이전에 했던 업무를 살려 그는 동방계획에서도 기자들을 안내하고 기사쓰는 데 도움을 주는 역할을 맡고 있었다. 풀 기자라는 의무가 없었다면 이야기를 더 나누고 싶었건만 아쉬운 해우를 뒤로 하고 이동했다.

2시간짜리 행사에 여러 개 작은 행사들이 분단위로 이어졌고 기자는 내무반 순시를 지켜봐야 했다. 2시간, 제한된 시간 때문이었을까. 내무실 돌아보기, 장병들과 기념 촬영, 자이툰 병원 방문과 병원 앞에서 교민들 접견까지 세부 일정은 순식간에 진행됐다.

멀지 않은 곳에 미군 아파치 헬기가 선회하면서 외곽 경비를 보조하는 모습을 보지 않았더라면 전쟁터라는 사실이 느껴지지 않을 정도였다. 그만큼 자이툰 부대의 주둔기지는 깨끗하고 정돈돼 있었으며 장병들의 표정은 모두 안온했다.

공항으로 되돌아가는 길, 멀리 아르빌 시가지를 보면서 아쉬움이 남았다. 세계 각국 많은 도시를 방문했었는데 바로 눈앞에 또 하나의 도시를 두고 아쉽게도 차량은 속도를 낸다. 아르빌 주둔기지와 아르빌 공항을 잇는 사막 한가운데 도로는 시골길이었다. 몇 갈래로 갈라진 길에는 저만치 아예 지선 도로를 차단하고 있는 듯 보이는 외곽경비 병력도 보였다. 쿠웨이트로 돌아오는 비행기 안에서는 2시간 체류기간에 본 것을 메모하느라 정신이 하나도 없었다.

당국자들이 철통 같은 보안을 자랑하는 만큼 기자들은 대개 기내에서 발표가 있기 전까지 동방계획을 몰랐던 것 같다. 세상만사 지나고 보면 그림 전체가 보이지만 당시에는 보이지 않는 법, 다만 뒤에 복기해보면 몇 가지 징후는 있었다.

먼저 첨성대 행사로 이름 붙여진 4개국 방문 일정 중 마지막 여정지인 프랑스에서 일정이 이상했다. 당초 일정은 현지시각으로

12월7일 오후 4시 파리를 출발하는 것이었는데 이유가 분명하지 않은 채 몇 시간이나 늦춰졌다. 귀국직전 일정이 마무리되는 와중에 툭 던져진 '프랑스 상원의장 접견 행사가 갑자기 추가됐다'는 안내를 조금도 의심하지 않았던 것은 아무래도 40일쯤 되어가는 2004년 하반기 순방의 막바지라는 느긋함 때문이기도 했으리라.

그렇다해도 출발 공항까지 바뀐 것은 확실히 이상했다. 특별기는 파리의 오를리 공항으로 입국, 당연히 같은 공항에서 출발할 예정이었다. 그런데 샤를 드골 공항에서 이륙한 것도 통상적인 일은 아니었던 것 같다.

아르빌 방문 취재를 마치고 쿠웨이트로 돌아와 쿠웨이트 외곽에 있는 호텔 지하의 넓은 방에 들어갔을 때는 속으로 깜짝 놀랐다. 임시기자실이 깔끔히 준비돼 있었고 적지 않은 장병들이 기사 작성과 송고 지원을 위해 대기해 있었던 것이다. 인터넷이 잘 안 된다는 등의 일부 불평이 없지 않았으나 기자는 큰 불편 없이 상당량의 기사를 보낼 수 있었다. 기자들만 따돌린 채 곳곳에서 적지 않은 인력들이 구석구석까지 준비를 해뒀던 셈이다.

그러고 보니 소수의 행정관들이 파리의 숙소였던 인터콘티넨탈 호텔의 임시기자실에서 낮에도 소파에 쓰러져 졸고 있었던 생각이 났다.

'선수들이 엉큼하게 심야에 어느 방에 모여 대책회의를 하고 취재 참고자료를 만들고, 그러면서도 완전히 시치미 떼고.'

쫓고 쫓기는 것이 취재원과 기자의 숙명이기도 하겠지만 동방계획만큼은 사전에 몰랐어도 과히 기분이 나쁘진 않았다. 약속해둔 날짜보다 하루 늦게 귀국하는 바람에 "아빠, 이제 그런 데로 대통령 따라 가지마." 하는 딸아이의 투정을 달래느라 초콜릿 값은 조금 더 들었지만 말이다.

쿠웨이트에서 기사를 보냈던 시간은 아마 노 대통령이 취임 이후 기자들을 기다려준 유일한 사례가 아닌가 싶다. 통상 기자들이 행사장에 먼저 가거나 비행기에 먼저 타고 기다려왔는데 그때만은 대통령이 기자들을 기다렸다는 게 당국자들의 말이다.

모두 베테랑들이었다. 또 지원팀의 재촉도 한몫했을 것이다. 한두 시간 만에 모두 기사를 보내고 다시 '정겨운 집' 특별기에 탔다. 순방 시 이동할 때마다 그랬듯이 컵라면을 하나 부탁해 맛있게 먹었다. 그리고 차 한 잔. 마지막으로 와이셔츠 주머니에 넣어둔 수면제 한 알을 꺼내 먹었다. 그러나 잠은 쉬이 오지 않았다.

수면제 기운이 빨리 퍼지길 바라면서 대붕을 꿈꾸었다. 하루에 구만 리를 날아간다는 장자의 큰 새. 하루에 구만리라면 3만 6천킬로미터, 비행 속도와 항속거리를 머릿속으로 계산해보니 특별기와 같은 보잉 747 수준이 아닌가. 대붕은 이 비행기보다 클까. 현인 장자는 그 옛날에 이런 비행기를 상상했을까.

의식이 흐릿해지는데 여러 형상이 겹쳤다. 대붕의 날개 위에는 우리의 청년, 국군 장병들이 불끈 움켜진 주먹과 용맹스런 함성으로 근사하게 앉아 있다. 그 중간에 검게 그을린 내 동창 전 중령의 든직한 모습도 보였다. 꿈인지 상상인지도 모른 채 비몽사몽간에 대붕의 웅장한 날개가 거듭 보였다. 그 아래로 끝없이 펼쳐지는 평야, 평야 끝 만년설로 뒤덮힌 산악, 만년설 너머 더 너른 사막까지 검게 탄 사나이들의 웅혼한 행진들만 이어졌다. 반복되는 이미지들만 자꾸 겹친다 싶었는데 어느새 승무원은 윗옷을 전해준다. 서울에 도착해 간다고.

관광도 없지 않았지만 이런 저런 취재를 기회로 기자는 삼십여 개국을 방문했다. 방문한 도시로 치면 이보다 두세 배쯤은 더 많은 듯하다. 미국처럼 여러 번 오가며 동서남북 두루 여러 도시를 둘러본 나라들도 더러 있다. 그러나 불과 2시간 남짓 머무르다 돌아온 이라크 아르빌보다 오래 기억에 남을 방문지는 없을 성싶다.

대통령님,
한 번 안아보고 싶습니다

2005년 5월 6일 인쇄
2005년 5월 10일 발행

저 자 | 이종석 외
펴낸이 | 박 현 숙
인 쇄 | 임창문화사
제 본 | 홍 원 제 책

펴낸곳 | 도서출판 **깊 은 샘**
110-290 서울시 종로구 낙원동 58-1 종로오피스텔 606호
T. 02) 764-3018~9 F. 02) 764-3011
등록번호/제2-69. 등록년월일/1980년 2월 6일
E-mail : kpsm80@hanmail.net

※ 잘못된 책은 교환해 드립니다.

ISBN 89-7416-148-6 03810